There are ghosts and phantoms round us,
On the mountains, on the sea;
Some are cold and some are clammy,
Some are hot as hot can be.
They can creep, and crawl, and hover,
And can howl, and shriek, and wail,
And those who want to hear of them
Must read this little tale.

W. T. Linskill

Es gibt Geister und Gespenster um uns herum,
auf den Bergen, auf dem Meer;
manche sind kalt und manche sind klamm,
manche sind heiß, so heiß, wie man nur sein
kann.
Sie können kriechen und krabbeln und schweben,
und können heulen, schreien und jammern,
und wer etwas über sie erfahren will,
muss diese kleine Geschichte lesen.

Thomas M. Meine

Die Geister von St. Andrews

Nach dem Buch
'St. Andrews Ghost Sories'
von W.T. Linskill

erschienen im Jahre 1921

**Bibliografische Information der
Deutschen Nationalbibliothek**

Die Deutsche Nationalbibliothek verzeichnet diese
Publikation in der Deutschen Nationalbibliografie;
detaillierte bibliografische Daten
sind im Internet über http://dnb.dnb.de abrufbar.

Herstellung und Verlag:
BoD - Books on Demand , Norderstedt
Alle Rechte vorbehalten
April 2021

ISBN 9 783753 461380

Inhalt

Ruine der St. Andrews Cathedral

Vorwort zum Autor und zu St. Andrews

William T. Linskill war wohl eine der schillernsten Persönlichkeiten in St. Andrews im 19. Jahrhundert.

Die Stadt ist berühmt für ihre Universität, sie ist Heimat des Golfsports und war religiöses Zentrum im mittelalterlichen Schottland. Hier befinden sich noch Reliquien des Hl. Andreas, einer der Apostel und Namensgeber der Stadt – ein Zahn, ein Armknochen, eine Kniescheibe und drei seiner Finger.

Linskill war verrückt nach dem Golfspiel und man sagt ihm nach, dass er den ersten Golfklub in Cambridge gegründet hat. Erlernt hatte er den Sport als junger Mann während eines Ferienaufenthalts in St. Andrews, der Heimatstadt des Golfspiels.

Im Jahre 1877 zog er nach St. Andrews und wurde dort zum Dekan der Gilde in der Stadtverwaltung. Zudem wurde er Mitglied im Royal and Ancient Golf Club.

Der Dekan war ein Magistratsmitglied, der die Autorität und Verantwortung hatte, Gebäude in der Stadt zu beaufsichtigen.

Linskill hatte die romantische Vorstellung, dass unter der alten Stadt ein Labyrinth von Tunneln lag, in denen möglicherweise ein Schatz versteckt war.

Er war überglücklich, als er einen Tunnel unter der Straße in der Nähe der Pends* entdeckte, der zur Kathedrale führte.

[* zwei mittelalterliche Torbögen, ehemalige Eingänge zur Kathedrale von St. Andrews]

Als sich dieser Tunnel dann das Konstrukt einer mittelalterlichen Klosterlatrine entpuppte, konnte ihn das weder von seiner Überzeugung abbringen noch seine Begeisterung dämpfen. Er suchte weiter nach Gespenstern, und sei es auch mehr in seiner Fantasie und in seinen Büchern.

Linskill hatte ein großes Gespür für das Dramatische. Er trat in vielen Theaterstücken und Pantomimen in St. Andrews auf und organisierte viele Konzerte zugunsten lokaler Wohltätigkeitsorganisationen.

Er schrieb zwei Bücher über das Übernatürliche in St. Andrews, *'The Haunted Tower'* (der vom Spuk heimgesuchte Turm) und das hier vorliegende Werk *'St. Andrews Ghost Stories'*.

Linskill verbrachte einen Großteil seiner Zeit damit, zu versuchen, Geister zu entdecken, beklagte aber zugleich die Tatsache, dass er, so sehr er sich auch bemühte, nie eines zu Gesicht bekam; eine Tatsache, die ihn jedoch nie davon abhielt, bei einem Glas Whisky und einer dicken Zigarre eine 'krachend' gute Geistergeschichte zu erzählen.

8

Dabei beeindruckt besonders eine, die er selbst erlebt hat und wo wohl übernatürliche Kräfte am Werk gewesen sein mussten, zumindest hatte die Gunst des Schicksals ihr Äußerstes gegeben.

Ein Eisenbahnunglück, bekannt als die Tay Bridge Katastrophe, der er knapp entkommen war, gehört nicht nur zu den folgenschwersten, sondern zugleich auch zu den schaurigsten in der Geschichte dieses Transportmittels:

Linskill war in jener Nacht in einem Zug auf dem Weg von Edinburgh nach St. Andrews. Für ihn war es am praktischsten, in Leuchars auszusteigen, eine Station vor St. Andrews, um dann mit dem Taxi weiterzufahren.

Aufgrund des wütenden Sturms verspätete sich das Taxi und kam nicht rechtzeitig an.

Linskill stieg wieder ein, um noch die kurze Strecke in die größere Stadt Dundee zu fahren, und wollte dann von dort zurückzukommen.

Der Zug bewegte sich schon aus der Station heraus, als der Stationsvorsteher das herankommende Taxi sah und dem Dekan zuwinkte. Linskill entschloss sich, den – eigentlich schon zu späten – Sprung aus dem fahrenden Zug zu wagen, um das Taxi zu nehmen.

Kurze Zeit später fuhr der Zug über die Eisenbahnbrücke, welche die Firth of Tay, die Meerenge, überquert. Der Hauptträger brach zusammen, wohl auch eine Folge des Sturms und des wütendenden Wassers. Keiner der 75 Menschen an Bord, 72 Passagiere und 3 Bahnbedienstete, überlebte.

Die Anzahl der Opfer, die samt Zug in den Fluten und dem Schlamm versanken, konnte nur ungenau über die verkauften Fahrkarten geschätzt werden. Nur 60 Opfer wurden gefunden; 12 der Fahrkarten konnten nicht zugeordnet werden, was die genaue Anzahl der Verunglückten bis heute strittig macht.

Erst zwei Tage später, nach Ende des Sturms, konnten Teile des Zugs im schlammigen Wasser der Firth of Tay geortet werden. Die Lokomotive wurde später geborgen und instand gesetzt. Sie war danach bis 1919 im Einsatz und bekam den Spitznamen 'The Diver' (der Taucher).

Der winkende Mönch

Vor vielen Jahren, etwa zur Zeit des Tay-Bridge-Sturms, hielt ich mich mit einem befreundeten Schauspieler-Manager in Edinburgh auf. Ich kam gerade aus der Malerwerkstatt des Theaters und ging aus der Bühnentür heraus, als ich Miss Elsie H___, einer damals bekannten Schauspielerin, begegnete.

»Sie sind genau die Person, die ich treffen wollte«, sagte sie. »Erlauben Sie mir, Ihnen meinen Freund vorzustellen, Mr Spencer Ashton. Er ist kein Schauspieler, er ist ein Künstler, und er kennt eine so seltsame, wirklich seltsame Geschichte über Geister und andere Dinge in der Nähe Ihres geliebten St. Andrews.«

Ich verneigte mich vor Mr Ashton, ein ruhig aussehender Mann, blass und dünn, der einer hübschen, zum Leben erweckten Haarnadel ähnlich sah. Zudem erinnerte er mich irgendwie an Fred Vokes [britischer Varieté-Pantomime].

Wir schüttelten uns herzlich die Hände.

»Ja«, sagte er, »meine Geschichte klingt wie Fiktion, aber sie ist eine Tatsache, wie ich beweisen kann. Sie ist ziemlich lang, aber vielleicht interessiert sie Sie ja.«

»Wo könnten wir uns treffen?«, fragte er mich.

»Kommen Sie und speisen mit mir heute Abend um acht im Edinburgh Hotel. Ich werde ein privates Zimmer buchen«, antwortete ich.

»Sehr gut«, sagte er, und wir trennten uns.

An diesem Abend trafen wir uns um acht Uhr im alten Edinburgh Hotel (das es heute nicht mehr gibt), und nach dem Essen erzählte er mir seine sehr bemerkenswerte Geschichte.

»Vor einigen Jahren«, fing er an, »hielt ich mich in einem kleinen Küstenort in Fife auf, nicht sehr weit von St. Andrews entfernt. Ich malte ein paar idyllische Häuser und andere Motive, die meine Fantasie zu dieser Zeit anregten, und ich war sehr amüsiert und aufgeregt über einige der Schauergeschichten, die mir die Fischer dort erzählten.«

»Eine davon hat mich besonders interessiert.«

»Und was war das für eine?«, fragte ich.

»Nun, es ging um einen seltsamen, zwergenhaften alten Mann, der – so schworen sie – bei Einbruch der Dunkelheit ständig zwischen den Felsen umherwanderte.

»'Ein seltsames, unheimliches Wesen', sagten sie, das ihnen immer zuwinkte. Bei Tageslicht war es aber niemals zu sehen oder irgendwie zu erkennen.«

»Da ich zu verschiedenen Zeiten und von unterschiedlichen Leuten so viel über diesen alten Mann gehört hatte, beschloss ich, ihn zu suchen und zu sehen, was er wirklich trieb.«

»Unzählige Male ging ich zum Strand hinunter, sah aber nichts Furchterregenderes als mich selbst. Ich war schon fast dabei, die Sache als hoffnungslos aufzugeben, als ich eines Nachts 'auf Öl stieß', wie es die Amerikaner sagen würden.«

»Gut«, sagte ich, »lassen Sie mich hören.«

»Es war nach der Dämmerung«, fuhr er fort. »Es war sehr rau und windig und es schien ein schwacher Mond, der ab und zu zwischen den schnell dahinziehenden Wolken hervorlugte.«

»Ich war allein am Strand, aber im nächsten Moment war das nicht mehr so.«

»Nicht mehr allein«, bemerkte ich. »Wer war noch da?«

»Ja, ganz sicher war ich nicht allein«, sagte Ashton. »Etwa drei Meter von mir entfernt stand ein seltsames, kleines, verschrumpeltes altes Wesen.«

»Zu jener Zeit war die Komische Oper 'Pinafore' zwar noch neu für die bühnenbegeisterte Welt, aber ich sah sofort, dass dieses seltsame Wesen der Figur des 'Dick Deadeye' in diesem Stück ähnelte.«

»Dieser Mann jedoch war noch viel hässlicher und abstoßender. Er trug eine zerschlissene Mönchskutte, hatte einen schwarzen Haarschopf, dichte schwarze Augenbrauen, sehr vorstehende Zähne und ein blasses, spitzes, unrasiertes Kinn. Außerdem besaß er nur ein Auge, das ziemlich groß war und hervorstand.«

»Was für eine schreckliche Bestie«, sagte ich.

»Nun, er war dann aber doch nicht halb so schlimm«, sagte Ashton, »obwohl sein Aussehen sicherlich nicht für ihn sprach.«

»Immer wieder winkte er mir mit einer blassen, vertrockneten Hand zu und murmelte unaufhörlich 'komm!' Ich spürte den Drang in mir, ihm zu folgen, was ich dann auch tat.«

Ich zündete mir wieder meine eine Pfeife an und hörte dem Erzähler weiter aufmerksam zu.

»Er nahm mich mit«, fuhr Ashton fort, »in eine natürliche Höhle, eine Spalte im Felsen, und wir stolperten über Stock und Stein und traten planschend in Pfützen hinein; zumindest tat ich das. Er hingegen schien wesentlich besser zurechtzukommen.«

»Am anderen Ende dieser klammen Höhle führte eine sehr schmale, aus dem Fels herausgehauene Treppe abrupt etwa zwanzig oder dreißig Stufen hinauf, dann um eine Ecke und wieder hinunter in einen großen Gang.«

»Dann geschah etwas sehr Merkwürdiges.«

»Was war das?«, erkundigte ich mich.

»Nun, mein Führer hatte plötzlich von irgendwo her einen riesigen Leuchter mit einer brennenden Kerze darin in der Hand, etwa drei Fuß hoch, die den gewölbten Gang erhellte.«

»'Wir stehen jetzt in der Unterführung des Mönchs', sagte er.«

»Ich verstehe«, sagte ich, »aber, wer bist du? Bist du ein Mensch oder ein Geist?«

»Die seltsame Gestalt drehte sich um. 'Ich bin ein Mensch', sagte er, 'fürchte mich nicht. Ich war vor Jahren ein Mönch, jetzt bin ich reinkarniert, Zeit und Raum sind mir völlig gleichgültig. Ich bin erst vor Kurzem aus Neapel gekommen, um dich hier zu treffen.'«

»Gütiger Himmel, Ashton«, sagte ich, »ist das alles wahr?«

»Absolut mein verehrter Freund«, sagte Ashton. »Ich war bei klarem Verstand und nicht hypnotisiert oder etwas in der Art, das versichere ich Ihnen.«

»Wir gingen weiter und weiter. Der kleine Mann mit seiner großen Kerze ging voran, und ich folgte ihm.«

»Zwei- oder dreimal verengte sich die Unterführung, und wir mussten uns ziemlich zusammenquetschen, um durchzukommen, das kann ich Ihnen sagen.«

»Was für ein komischer Ort«, warf ich ein.

»Ja, so war es«, sagte Ashton, »aber es wurde noch sonderbarer, als wir weitere Treppenstufen hinauf- und hinuntergingen und dann durch eine Öffnung auf einen unterhalb befindlichen Korridor herauskamen. Dort sah ich Seitengänge, die in verschiedene Richtungen abzweigten.«

»'Geh vorsichtig und pass auf, wo du hintrittst', sagte mein mönchischer Führer. Hier gibt es Fallstricke; sei sehr vorsichtig.'«

»Dann bemerkte ich zu meinen Füßen eine tiefe, in den Fels gehauene Grube, etwa zwei Fuß breit, quer über den Gang hinweg.«

»Was und wofür ist das?«, fragte ich.

»'Um Eindringlingen und Feinden eine Falle zu stellen', sagte der kleine Mönch, 'schau hinunter!'«

»Das tat ich und erkannte unten in einer Wasserlache einen weißen Schädel und eine Reihe von Knochen. Auf unserem Weg kamen wir an vier oder fünf solcher Schächte vorbei.«

»Meine Güte, das übertrifft ja alles«, warf ich ein.

»Es hätte mich ganz schön zerschmettert, wenn ich in eine dieser Fallen getappt wäre«, sagte Ashton.«

»Plötzlich änderte sich die dichte, feuchte, pilzartige Luft und ich nahm einen süßen, wohlriechenden Geruch wahr.«

»Ich rieche Weihrauch«, sagte ich zu dem Mönch.«

»'Es ist nur das Gespenst oder der Geist eines Geruchs', sagte er. 'Seit 1546 hat es hier keinen Weihrauch mehr gegeben. Es gibt Gespenster von Geräuschen und Gerüchen, genauso wie es Gespenster von Menschen gibt.'«

»'Wir sind hier von Geistern umgeben, aber sie sind transparent, und man kann sie nicht sehen, es sei denn, sie sind materialisiert. Man kann sie aber fühlen.'«

»'Psst! Still!', sagte der Mönch plötzlich, und dann hörte ich einen dumpfen Klang schönster Glockenschläge, wie ich es noch nie gehört hatte.«

»Was ist das?«, fragte ich.«

»'Die alten Glocken der Kathedrale von St. Andrews. Das ist der Geist von Klängen, die vor langer Zeit verstummt sind'. Der Mönch murmelte etwas Latein, dann hörte ich für einen Moment oder länger einen sehr schönen Gesang, der dann wieder verschwand.«

»'Das ist der längst verstorbene Chor der Mönche, der die Vesper singt', bemerkte mein Führer traurig.«

»In diesen Momenten betraten der Mönch und ich eine große, in Fels gehauene Kammer, die weit und hoch war. Darin befanden sich zahlreiche große, alte, in Eisen eingefasste Truhen unterschiedlicher Größe und Form.«

»'Diese', sagte der Mönch, 'sind vollgepackt mit Schätzen, Juwelen und Gewändern. Sie werden eines Tages wieder gebraucht werden. Über uns sind jetzt gepflügte Felder, aber vor langer Zeit standen direkt über unseren Köpfen eine Kirche und ein Kloster, zu denen diese Dinge gehörten.' Er deutete mit seiner dünnen und knorrigen Hand auf eine Ecke im Raum. 'Dort', sagte er, 'ist die Treppe, die einst zur Kirche darüber führte.'«

Ashton hielt inne und zündete sich eine Zigarre an, dann fuhr er fort.

»Wir gingen weiter, drehten uns, stiegen Stufen hinauf, bogen um Ecken, schlüpften durch weitere Öffnungen und schritten über Fallschächte. Es war ein abscheulicher und grausiger Ort.«

»Aus einem Seitengang heraus sah ich eine weibliche Gestalt, die schnell entlangglitt. Sie war wie eine Braut, die für eine Hochzeit gekleidet war. Dann verschwand sie.«

»'Fürchte dich nicht', sagte der Mönch, 'das ist Mirren aus dem Hepburn's Tower, die Weiße Dame. Sie kann sich materialisieren und erscheinen, wann sie will, aber sie ist nicht reinkarniert, wie ich es bin.'«

»Nun, nachdem wir, wie in der beschriebenen Weise, scheinbar stundenlang weitergegangen waren, blieb der Mönch stehen.

»'Ich fürchte, ich muss dich verlassen', sagte er plötzlich. 'Ich werde gebraucht. Bevor ich aber gehe, nimm dies', und er drückte mir einen winzigen, fein ziselierten Goldbecher in die Hand. 'Er soll dein Talisman sein und dir immer Glück bringen', sagte er. Bewahre ihn gut auf. Vielleicht sehe ich dich hier nie wieder, aber vergiss ihn nicht.'«

»Dann war ich allein und überall war schwarze Finsternis um mich herum.«

»Er und seine Kerze waren in einer Sekunde verschwunden. Ganz allein in diesem schrecklichen Gefängnis, nur der Himmel weiß, wie weit unter der Erde, hätte ich niemals zurückfinden können, und ich hatte auch Angst davor, mich vorwärts zu bewegen.«

»Ich war an einem schlimmeren Ort als in den römischen Katakomben begraben, ohne Hoffnung auf Rettung, denn der Ort war niemandem bekannt und von allen vergessen.«

»Was für eine furchtbare Situation«, sagte ich.

»Ich denke schon, dass es so war«, sagte Ashton. »Ich werde das furchtbare Grauen nie vergessen, solange ich lebe.«

»Dort war ich absolut macht- und hilflos. Ich hatte die Nerven verloren und schrie laut in der Qual meiner Gedanken.«

»Ich hatte einige Streichhölzer bei mir und diese benutzte ich sehr spärlich, während ich, vorsichtig kriechend, den schleimigen Boden des Ganges entlang tastete.«

»Ich hatte auch immer das schreckliche Gefühl, dass etwas Ungreifbares und Furchterregendes hinter mir herkroch und immer stehen blieb, wenn auch ich stehen geblieben bin.«

»Ich konnte es atmen hören und zündete ein Streichholz an.«

»Das war mein Glück, denn ich entkam so nur knapp einer weiteren dieser Fallgruben.«

»Im Schein des Streichholzes sah ich in einer Nische einen kleinen Schrein, der einst prächtig verziert gewesen sein musste, und dann wurde mein Vorwärtskommen plötzlich von einer schaurigen Prozession von Mönchsskeletten aufgehalten, die alle in Weiß gekleidet waren.«

»Sie überquerten die Hauptunterführung von einem Seitengang aus und betraten einen anderen.«

»Ihre Köpfe waren allesamt grinsende Totenköpfe, und in ihren langen knochigen Fingern trugen sie riesige Kerzen, die den Gang mit einem schwachen blauen Schimmer erleuchteten.«

»Das ist entsetzlich«, bemerkte ich.

»Langsam, weiter und weiter, ging ich vorwärts. Es schien Stunden und Stunden zu dauern. Ich war erschöpft, hungrig und durstig.«

»Nach einiger Zeit führte mein Weg durch offene, mit Nägeln beschlagene Eichentüren, die in den Angeln verrotteten, und dann – dann sah ich einen Anblick, der so schrecklich war, dass ich ihn niemals jemandem gegenüber erwähnen würde. Ich wage es einfach nicht, aber vielleicht erfahre ich eines Tages seine Bedeutung – ich hoffe es – «

»Was in aller Welt war es?«, erkundigte ich mich begierig.

»Um des Himmels willen, lassen Sie mich fortfahren und fragen Sie nicht weiter danach«, sagte Ashton und wurde leichenblass.

»Der Schrecken des Ganzen hat mich so erschüttert, dass ich ausrutschte und eine scheinbar steile Treppe hinunterfiel. Ich schlug auf und fühlte, wie mein linkes Handgelenk brach, und ich wurde ohnmächtig.«

»Als ich nach einem kurzen Moment wieder zu mir kam, sah ich die Weiße Frau mit einer Kerze in der Hand, die sich freundlich über mich beugte.«

»Ich Gesicht war lieblich, aber so blass wie weißer Marmor. »Sie legte eine eiskalte Hand auf meine heiße Stirn, und dann war alles um mich herum wieder dunkel.«

»Hören Sie mir jetzt aufmerksam zu«, sagte Ashton ganz aufgeregt.

»Als ich dann erneut wieder zu mir kam und meine Augen öffnete, war ich aus dem verfluchten Gang heraus.«

»Ich sah den Himmel und die Sterne, und ich fühlte eine frische Brise wehen. Oh Freude!, ich war wieder auf der Erde, das wusste ich.«

»Ich taumelte kraftlos auf die Füße, und wo um alles in der Welt glauben Sie habe ich gelegen?«

»Ich habe keine Ahnung«, sagte ich.

»Direkt unter dem Bogen eines der Pends, die Tore, die zur alten Kathedrale in St. Andrews führten«, sagte Ashton.

»Wie in aller Welt sind Sie dorthin gekommen?«

»Weiß der Himmel«, sagte Ashton, »ich nehme an, die Weiße Frau hat mir irgendwie geholfen.«

»Es kam mir alles wie ein schrecklicher Albtraum vor, aber ich hatte den goldenen Becher in meiner Tasche und mein gebrochenes Handgelenk als Zeugnis für das, was ich durchgemacht hatte.«

»Um es kurz zu machen, ich ging nach Hause zu meinen Leuten, wo ich sechs lange Wochen an Hirnhautentzündung erkrankt und unter der Nachwirkung des Schocks im Bett lag.«

»Ich trage den Becher immer bei mir. Ich bin nicht abergläubisch; aber er bringt mir immer viel Glück.«

Jetzt zeigte mir Ashton den goldenen Becher, den ihm der Mönch gegeben hatte. Es war ein schönes kleines Andenken.

»Haben Sie jemals die Stelle untersucht, an der Sie den Gang betreten haben?«, fragte ich.

»Oh ja«, antwortete er, »ich bin einige Jahre danach dorthin gegangen und habe die Höhle gefunden, aber jetzt ist alles eingestürzt.«

»Ach, du meine Güte!«, sagte er plötzlich ganz aufgeregt. »Es ist schon sehr spät, danke für das Essen, ich muss los. Gute Nacht!«

Ich zündete mir meine Pfeife wieder an und grübelte über diese seltsame Geschichte nach:

Der Eingang zu der Passage in der Höhle ist eingestürzt; den Ausgang aus ihr heraus in St. Andrews kennt Ashton nicht – nur die Weiße Dame weiß es.

Im Großen und Ganzen ist die Geschichte recht geheimnisumwittert.

Das alles hilft einem nicht viel, wenn man die Wunder enträtseln will, die im unterirdischen St. Andrews liegen.

Vielleicht werden wir es eines Tages wissen – oder auch nie.

Die 'Pends', die alten Tore zur Kathedrale in St. Andrews

Der Spuk und die Geheimnisse von Schloss Lausdree

Es ist viele Jahre her, dass ich auf einer Wandertour in den Highlands war, weit nördlich von Bonnie Glenshee.

Als ich dann zu den Moorlandschaften kam, wurde ich von einem regelrechten amerikanischen Schneesturm überrascht – einem echten Blizzard der ausgeprägtesten Art.

Ich kämpfte mich einige Zeit lang voran, so gut es ging, und dann stellte ich fest, dass jemand neben mir war. Es war ein junges Highland-Mädchen die ein großes Umhängetuch mit Schottenmuster über dem Kopf trug.

Ich war sehr erfreut, sie hier zu treffen, und erfuhr dann, dass sie 'Jean' heißt. Sie war die Nichte eines Gastwirts in der Nähe, zu dessen Zufluchtsstätte sie mich schnell bringen könnte.

Wir stapften wortlos durch den blendenden Schnee, und ich war dem Mädchen mehr als dankbar, als ich mich schließlich außerhalb des Schnees in einer kleinen, sauberen Stube wiederfand, in der ein herrliches Feuer aus Torf und Holzscheiten im gastfreundlichen Herd loderte.

Auch ein Glas mit etwas Heißem, das mein Gastgeber gebracht hatte, war höchst willkommen.

Ich fand bald heraus, dass es noch einen anderen vom Sturm geplagten Reisenden in dem kleinen Haus gab, einen alten Familienbutler, dessen Name, wie ich herausfand, Jeremiah Anklebone war.

Er war auf einem Besuch bei Verwandten im Norden gewesen und war wie ich vom Schnee überrascht worden. Wir waren beide froh, an einem so ungemütlichen Abend eine warme, gemütliche Hütte vorzufinden, und – um einen schottischen Ausdruck zu verwenden – versammelten wir uns drinnen am 'Ingle' [Herdfeuer].

Er fragte mich, ob ich viel über Geister* wüsste, worauf ich antwortete, dass ich gerade ein Glas getrunken hätte, aber er erklärte mir sofort, dass er, obwohl er dem Toddy** nicht abgeneigt sei, auf Geister anderer Art anspiele, nämlich auf Geister, Banshees [weibliche Geister, die den kommenden Tod ankündigen], Boggards [Dämonen] und dergleichen.

[* das englische wort 'spirits' bezeichnet sowohl Geister als auch alkoholische Getränke. ** der Toddy ist ein starkes alkoholisches Getränk, vermischt mit heißem Wasser und Zucker].

Ich erzählte ihm, dass ich schon oft an Orten in verschiedenen Gegenden gewesen sei, an denen es spuken soll, hätte aber nie etwas außer Eulen, Fledermäusen, Ratten oder Mäusen gesehen oder gehört.

'Ich sei wohl nicht für Übernatürliches empfänglich', sagte er. Dies war eine Bemerkung, die ich schon oft gehört hatte, und ich entgegnete ihm daraufhin, dass ich dankbar sei, dass es nicht so ist.

Er war ein feiner alter Bursche, ein idealer Familienbutler und zweifellos der Empfänger vieler Familiengeheimnisse. Er hatte große Koteletten, eine Glatze und sah aus, als hätte er sein ganzes Leben lang Schildkrötensuppe serviert.

Es war aber keine Suppe, die sein Leben gefüllt hatte – er schien dagegen ziemlich von der Geisterkunde durchdrungen zu sein, denn er erzählte mir ganz ruhig, dass er die bemerkenswerte Fähigkeit hatte, Erscheinungen, Dämonen etc. zu sehen.

Ich konnte nicht umhin zu bemerken, dass er offensichtlich eine sehr unangenehme Fähigkeit besitzt, aber er war ganz anderer Meinung als ich, und wurde bei dem Thema so heiß wie sein Toddy.

Ich werde diesen wilden Abend im Highland Inn vor dem lodernden Feuer und die wunderbaren Erzählungen, die ich von Butler Anklebone hörte, so schnell nicht vergessen.

Aus Platzgründen kann ich hier nicht alle Wunder aufzählen, die er mir offenbarte.

Es schien so, als hätte er sein ganzes Leben lang – er war 62 Jahre alt – wie ein Fisch am Ufer eines Flusses danach geschnappt, in ein Haus zu kommen, in dem es wirklich richtig spukt, aber er war dabei vollkommen gescheitert, bis er den Posten des Chefbutlers im Lausdree Castle annahm, das, wie er mir mitteilte, nur eine kurze Strecke von St. Andrews entfernt war.

Er gab mir eine höchst beeindruckende Beschreibung des alten Schlosses, und nach seiner Schilderung schien es der Zufluchtsort und Versammlungsort aller Spukgestalten in Großbritannien und anderswo zu sein.

Dort gemeinsam versammelt waren die 'Eis Maid', die 'Braune Lady', der 'kopflose Mann', der 'kalte Bursche', die 'schwarze Maid', der 'flammende Geist', der 'Wandermönch', ein Geist namens 'Silky, die 'alte Martha', das 'strahlende braune Pferd, der 'eiserne Ritter', der 'schleichende Geist', der 'springende Jock', der 'alte Beinlose', 'Große Augen, der 'sprechende Hund', der 'Krähen-Rabe', der 'schwebende Kopf', die 'tote Hand', die 'blutenden Fußabdrücke' und viele andere seltsame Kreaturen, die zu zahlreich sind, um sie zu aufzuzählen.

Das Schloss, sagte er, war voll von groben und höchst merkwürdigen Anblicken und Geräuschen, einschließlich Klopfen, Hämmern, Schreien, Stöhnen, Krachen, Wehklagen und dergleichen.

»Was für ein bemerkenswerter Ort«, sagte ich zu dem Butler Anklebone, »und wie erklären Sie sich so viele Gespenster auf so engem Raum?«

»Oh! Es gibt keine Zeit und keinen Raum für sie«, sagte er, »sie sind erdgebundene Geister und können in einer Sekunde von einem Teil des Globus zum anderen gehen; aber sie haben ihre Lieblingsplätze und Treffpunkte, genauso wie wir normalen Leute, und Lausdree scheint ihren verschiedenen Geschmäckern zu gefallen.«

Dann fuhr er fort, mir einige Einzelheiten über das Spukschloss zu erzählen.

»Es soll«, sagte er, »unter dem Schloss prächtige alte Gemächer, Verliese, gewundene Gänge und Keller geben; aber die Geschichte besagt, dass alle Personen, die versuchten, diese Geheimnisse zu erforschen, nicht mehr zurückkehrten, sodass die Eingänge schließlich zugemauert wurden und jetzt völlig aus den Augen verschwunden sind.«

»Es gibt eine zugemauerte Kammer, aber niemand durfte sie öffnen, die Strafe war totale Blindheit oder Tod, und solche Fälle sind aufgezeichnet.«

»Dann ist da noch der Sargraum, der genau so geformt ist wie sein Name.«

»Einer der seltsamsten Orte in Lausdree ist eine kleine Wohnung, die ihr eigenes, seltsames Licht hat. In der Nacht kann man dieser Raum vom alten Garten aus sehen, und man erkennt dann einen blassen, unheimlichen und phosphoreszierenden Schein.«

»Mr Snaggers – das ist der Lakai – und ich haben die Tür aufgeschlossen und den Ort sorgfältig untersucht.«

»Es befanden sich ein Tisch, ein Sofa und ein paar alte Stühle darin, und überall war ein durchdringendes, schwaches Licht. Die Möbel warfen keinerlei Schatten. Der Raum schien sehr kühl zu sein, und man hatte das Gefühl, als würde einem die ganze Lebenskraft aus dem Körper gesaugt, sogar das Luftholen verursachte Schmerzen.«

»Snaggers fühlte das Gleiche. Niemand konnte lange in dieser unheimlichen Behausung bleiben. Ich weiß, wir waren froh, als wir sie wieder verschließen konnten.«

»Dann gibt es eine Wendeltreppe, genannt 'Megs Bein'. Ich kenne die Legende nicht, aber fast jede Nacht hörte man, wie ihr Bein diese Stufen hinaufstolpert.«

»Das muss ja ein gruseliger Ort sein«, murmelte ich ernst vor mich hin.

»Ja!«, sagte Anklebone, »und ich sage Ihnen, Sir, Snaggers und ich verabredeten uns deshalb in der Regel so, dass wir zur selben Zeit zu Bett gingen. Man hat immer das Gefühl, dass etwas hinter einem die Treppe hinaufkommt. Wenn eine Person stehen blieb, blieb es auch stehen, und man hörte es atmen und keuchen, aber es war nichts zu sehen.«

»Snaggers sagte eines Nachts, dass er, als die Kerze ausging, monströse rote Augen gesehen hatte, aber mir war damals nichts aufgefallen.«

»Die kriechende Kreatur habe ich nur zweimal gesehen. Sie war wie eine riesige Kröte auf Spinnenbeinen. Man sagt, sie habe einen menschlichen Kopf und ein menschliches Gesicht, aber ich habe nur ihren Rücken erkannt. Manche Leute meinen, sie sei lebendig und kein Gespenst, und dass sie sich irgendwo in den Kellern versteckt, aber wir konnten dort nie eine Spur von ihr finden.«

»Es war schon dunkel gewesen, als ich einmal hinunter in den Wirtschaftsraum gegangen bin. Der Weg wurde mir von einer grässlichen, großen Gestalt versperrt. Sie hatte große Löchern, wo Augen hätten sein sollen. Ich schloss meine eigenen und eilte durch sie hindurch, die Stufen hinunter.«

»Als ich unten ankam, stellte ich fest, dass alle meine Kleider mit einer widerlichen, übel riechenden, klebrigen Art von Öl bedeckt waren, und ich musste sie alle vernichten.«

»Fahren Sie bitte fort«, sagte ich, »das alles erstaunt mich sehr.«

31

»Ja«, sagte er langsam, »das ist alles sehr merkwürdig. In Lausdree spukt es, und das ist die Wahrheit.«

»Snaggers und ich hatten uns ein Zimmer geteilt. Eines Nachts kam eine große blutverschmierte Hand an einem Arm um die Ecke des Bettvorhangs und sie versuchte mich zu packen. Sie war auch eiskalt.«

»Dann kam ein Ding, ein unsichtbares Ding, schnaufend und ächzend ins Zimmer, ging unter das Bett und hob es hoch. Wir schauten gleich nach, aber es war nichts mehr da und die Tür war auch verschlossen.«

»Wir sahen eines Nachts ein großes schwarzes korkenzieherartiges Etwas von der Decke auf den Boden fallen und verschwinden, und dann gab es ein mächtiges Rauschen im Gang. Draußen vor der Tür hörte man ein großes Krachen, einen Schrei und ein Stöhnen, was dann weit unten verschwand.«

»Es gab auch einen humorvollen Geist, den 'Eisernen Ritter'. Wir haben ihn 'Onkel' genannt. Er war stets zu Streichen aufgelegt und wir hatten nichts gegen ihn. Wenn die dicke Köchin sich zum Essen hinsetzte, zog er ihren Stuhl zurück, und sie fiel mit einem seltsamen Krachen um. Wenn eines der Dienstmädchen ein Tablett mit Teesachen umstieß oder mit dem Kessel die Treppe hinunterfiel oder die große Urne umwarf, sagten sie immer: 'Oh, das war wieder der Onkel!'«

Ich sagte Mr Anklebone, dass ich darüber erfreut sei, dass es einen Hauch von Komödie an einem so schaurigen Ort gibt, da ich Komödianten den Geistern jederzeit vorziehe.

Eines habe ich auch aus den Schilderungen des ehemaligen Chefbutlers auf Schloss Lausdree gelernt: Der Hauptgeist war Sir Guy Ravelstocke, dessen Porträt noch immer in der alten Gemäldegalerie hing.

»Der Bau des Schlosses geht auf die Normannenzeit zurück«, sagte M Anklebone. »Um 1457 herum fiel es in die Hände jenes Sir Guy Ravelstocke, der am 'Studium Generale' oder der Universität von St. Andrews ausgebildet worden war.«

»Er und seine beiden Freunde, Geoffrey De Beaumanoir und Roger Le Courville, veranstalteten in den alten Sälen von Lausdree Gelage und rauschende Feste und waren der Schrecken des ganzen Landes.«

»Sir Guy war ein ausschweifender Kerl, ein Spieler und auch sonst alles andere als gut. Die Nachbarn behaupteten, er habe sich an 'Old Nick' [den Teufel] verkauft.«

»Er vergoss Blut, als ob es Wasser wäre, und er und sein weißes Pferd 'Nogo' waren in ganz Fife und den Lothians bekannt.«

»Man hielt ihn für einen Freibeuter, einen Zauberer und einen Hexenmeister, einen Wegelagerer, einen Piraten und einen gemeinen Schurken. Er hatte viele Männer im tödlichen Kampf erschlagen und galt selbst als unverwundbar.«

»Er muss eine Art Michael Scott von Balwearie* gewesen sein«, bemerkte ich.

[* Scott, 'der Zauberer des Nordens', Schottlands erster Wissenschaftler, Alchemist, Mathematiker und Astronom]

»Er muss ein gewaltiger Schrecken gewesen sein«, sagte der Butler. »Ich habe ihn oft gesehen, genau wie sein Porträt in der Gemäldegalerie.«

»Ich habe ihn in seiner mittelalterlichen Kleidung gesehen, mit seinem Schwert an der Seite, manchmal auf seinem weißen Pferd und manchmal zu Fuß.«

»Es gab immer ein schreckliches Klopfen, Kreischen und Krachen, bevor er erschien, und alle unsere Hunde zeigten die größte Furcht.«

»Ich schlief in einem alten Himmelbett, und er pflegte den Vorhang zur Seite zu ziehen und mich ständig anzustarren.«

»Fast immer wurde er von dem Gespenst eines Negers begleitet, der seinen Kopf unter dem Arm trug.«

»Sir Guy war ein großer Reisender in fremde Länder und brachte, wie man mir erzählte, allerlei kuriose Tiere und Insekten mit zurück. Vielleicht war dieses große Kröten-Ding, das ich gesehen habe, eine dieser Kreaturen. Ich habe gehört, dass Kröten ewig leben können.«

Ich sagte, dass ich glaube, dass das stimmt.

»Eines Tages habe ich einen merkwürdigen Ort gefunden«, sagte Anklebone. »Ich ging die Turmtreppe hinauf und stellte fest, dass einige der Stufen zurückgesetzt waren. Ich holte Mr Snaggers und Darkgood, den Gärtner, und wir zerrten sie heraus und riefen dann unseren Herrn. Wir entdeckten schmale Stufen, die zu einer verschlossenen Tür hinunterführten. Wir brachen sie auf und gelangten in eine steinerne Kammer.«

»Überall lagen Schädel und Knochen herum. Die meisten gehörten zu Tieren, aber auf dem Boden lag ein schreckliches Ding, eine Art mumifizierte Vampirfledermaus mit riesigen Zähnen und enormen, ausgebreiteten Flügeln wie dickes Pergament und vier Beinen. Vielleicht war es ein richtiger Vampir. Sie fächelten die Leute mit ihren großen Flügeln in den Schlaf, und dann saugten sie ihnen das Blut aus.«

»Wir räumten dann das ganze Zimmer aus und vergruben alle Sachen in einem Wald.«

»Nun«, sagte Anklebone, »werde ich Ihnen etwas über das Ende von Sir Guy Ravelstocke erzählen.«

»Er brachte aus der Fremde einen Negersklaven mit, den sie den 'Apostel' nannten. Eines Abends«, fuhr Anklebone fort, »waren er und seine Kumpane beim Essen und hatten reichlich Wein getrunken.«

»Der 'Apostel' hatte sie irgendwie beleidigt, und Sir Guy stach ihn nieder. Dann ketteten sie seine Hände und Füße zusammen, brachten ihn in den Kerker, füllten ihm Mund, Nase und Ohren mit Lehm und ließen ihn zurück. Das ist der Negergeist, den ich immer bei Sir Guy sah – der ermordete Neger.«

"Ungefähr zwei Jahre später waren Sir Guy und seine Freunde im selben Raum und tranken, als ein großes Hämmern an der Schlosstür ertönte.«

»Sir Guy zog sein Schwert, riss die Tür auf und stürzte hinaus in die Dunkelheit. Ein paar Augenblicke vergingen, dann rannten ihm seine Freunde hinterher, als sie wilde, unheimliche Schreie hörten, aber es war kein Sir Guy zu sehen. Er war völlig verschwunden. Man hatte von ihm nie wieder etwas gehört oder gesehen.«

»Wir haben dann seine Überreste vor drei Jahren gefunden, aber das werde ich Ihnen genau erzählen.«

»Eines Tages waren Snaggers und ich nach St. Andrews gegangen, um etwas einzukaufen. Wir waren gerade am Ende der South Street, als ein Reiter in vollem Galopp an uns vorbeiraste.«

»'Gütiger Himmel', sagte Snaggers, 'das ist Sir Guy, so wahr ich hier stehe'.«

»Er hämmerte gegen die großen Eisentore der Kathedrale, aber als wir hochkamen, war das große Tor verschlossen. Sir Guy lehnte am Westgiebel und sah uns finster an, aber der Schimmel war weg, und er löste sich völlig auf, als wir zu ihm hinschauten.«

»Ich habe ihn dann wieder mit dem Neger bei Magus Muir gesehen, und noch einmal allein in einer dunklen Nacht in der North Street.«

»Eines Abends war ich allein in dem Zimmer unter dem Festsaal im Lausdree und hörte ein Prasseln auf dem Tisch. Als ich aufblickte, sah ich einen Fleck in der Decke, und Blutstropfen tropften auf den Tisch und den Boden.«

»Das Zimmer darüber war genau die Stelle, an der der Neger erstochen worden war. Am nächsten Morgen gingen wir in das Zimmer, wo ich das Blut tropfen sah, und es gab die Spur einer blutigen Hand auf dem Tisch, aber keinen Fleck an der Decke.«

»Nun zu der eigentlichen Entdeckung.«

»Ich hatte oft von einem alten, überwucherten Brunnen geträumt, der sich in den Gärten befand, und fragte mich immer, was sich darin befinden könnte.«

»Da erzählten mir der Gärtner und der Förster, sie hätten oft das schreckliche Gespenst von Sir Guy und den 'Apostel' gesehen, die um das Dickicht herum schwebten, welches den sogenannten Spukbrunnen umschloss. Sie verschwanden dann im Gestrüpp, ohne es zu bewegen.«

»Ich war mir sicher, dass dort das Geheimnis von Sir Guy Ravelstocke lag. Dieser Gedanke wurde bald darauf durch eine seltsame Begebenheit bestätigt.«

»Eines Morgens war Snaggers dabei, ein altes Ölgemälde über dem riesigen Kaminsims und oberhalb der weinenden Statue in der großen Halle abzustauben, als er irgendwie eine geheime Feder berührte. Das Gemälde flog zurück, öffnete sich in seinem Rahmen und legte eine Kammer dahinter offen.«

»Wir riefen nach dem Herrn und stiegen über einige Stufen in das Zimmer hinab.«

»Was für ein merkwürdiger Ort! Er hatte die Form eines Achtecks, und es hatte dort entweder ein großes Feuer oder eine Explosion gegeben.«

»Das gewölbte steinerne Dach und der Fußboden waren ganz geschwärzt und rissig, und der Kamin und die Holzvertäfelung waren ziemlich verbrannt und verkohlt.«

»Vielleicht die Kapelle«, bemerkte ich gegenüber dem Butler.

»Das ist auch das, was unser Herr gesagt hatte«, antwortete er. »Man sah Reste der verbrannten Tapete und überall auf dem Steinfußboden verteilt lagen Dokumente.«

»Der Herr nahm sich ein Stück verbranntes Pergamentpapier. Es stand etwas in verblasster Schrift daraus und in irgendeiner fremden Sprache.«

»Das Merkwürdigste war aber das große Bild, das sich so überraschend aufgeklappt hatte. Die Augen des Gesichts darauf waren irgendwie nach außen gedreht, und in die Pupille jedes dieser Augen war ein Loch gebohrt worden, sodass jeder, der oben auf der Steintreppe stand, da hindurch alles sehen und auch hören konnte, was sich in der großen Halle unten abspielte.«

»Der Meister nahm das Stück Pergamentpapier in die Hand und es gelang ihm, ein paar Worte zu entziffern. Sie lauteten:«

»Ich bin mir sicher, dass Ravelstocke im alten Priorenbrunnen liegt, zusammen mit dem toten Negerdiener, den sie dort hingebracht haben. Ich würde mich diesem Platz nicht nähern, um nichts in der Welt. Der Himmel möge verhindern, dass sie mich holen, ich muss diesen Ort verlassen.«

»Das war alles, was er auf dem verbrannten Papier entziffern konnte, und er verbrannte es.«

»'Wir müssen morgen früh den Brunnen des Priors (so heißt er offenbar) erforschen', sagte unser Herr.«

»Bei Morgengrauen waren wir alle auf den Beinen und holten alle verfügbaren Männer, um die Sträucher, Büsche und das Gestrüpp rund um den Brunnen zu schneiden – der Bewuchs von Ewigkeiten.«

»Als der Brunnen freigelegt war, sah er sehr ähnlich aus wie der heilige Brunnen in St. Andrews, nur dass er einst sehr fein geschnitzt und verziert worden war.«

»Der Eingang war ein normannischer Torbogen, und die Reste einer Eichentür hingen noch dort. Wir fanden ein flaches, badewannenförmiges Becken mit schlammigem Wasser darin und eine Menge zerbrochener Steine und Stücke von alten Statuen und Glas. Am anderen Ende befand sich eine große quadratische Öffnung, ein paar Meter über dem Wasserbecken.«

»Dort gingen wir natürlich hin und stellten fest, dass sich dahinter eine Zelle befand.«

»Der ganze Brunnenschacht war auf einer Seite gerissen, entweder durch einen Blitzschlag oder durch die Auswirkungen eines Erdbebens.«

»Wenn dieser alte Brunnen hätte sprechen können, hätte er uns so seltsame Geschichten erzählen können wie über den St. Rule's Tower in St. Andrews.«

»Im Inneren herrschte ein höchst merkwürdiger, erdrückender und ekelerregender Geruch wie in einer Gruft.«

Ich sagte, dass ich keine schlimmeren Gerüche kenne als Acetylengas oder den furchtbaren Gestank, den ich vor langer Zeit beim Graben gegenüber der Kathedrale von St. Andrews wahrgenommen hatte.

»Nun«, sagte Anklebone, »ich kann mir keinen schlimmeren Geruch vorstellen als den, der neben dem Brunnen des Priors herrschte. Er machte uns alle beinahe ohnmächtig und wir mussten uns etwas Brandy holen.«

»Als wir in die hintere Zelle kamen, lagen da zwei Skelettleichen auf dem gefliesten Boden. Das eine war ein bis zum Hals verblichenes Skelett, aber der Schädel war gut erhalten. Verfilzte schwarze Haare klebten noch daran und um die Kinnbacken.

Alle Zähne waren noch an ihrem Platz. Von den knochigen Fingern waren einige Ringe abgefallen, und ein Schwert, das vom Rost zerfressen war, lag neben dem Skelett.«

»Das andere war wie ein mumifizierter schwarzer Körper, dunkel und eichenfarbig. Die Nägel an den Fingern und Zehen waren noch ziemlich perfekt. Ketten, obwohl ziemlich abgenutzt, hingen um die Füße und Hände.

»'Gütiger Himmel', sagte unser Herr, 'das sind Sir Guy Ravelstocke und der ermordete Apostel!' Daran gab es überhaupt keinen Zweifel.

Wir haben sie sofort entfernen und begraben lassen.«

»Das Rätsel war gelöst, nach all den langen Jahren.«

»Der Neger war nach seiner Ermordung dort hingebracht worden, aber das Geheimnis von Sir Guy war unerklärlich.«

»Wer holte ihn in jener Nacht, als er vor Jahrhunderten mit seinem Schwert aus dem Tor von Schloss Lausdree stürmte, und wer trug ihn zu seinem bösen Schicksal im Brunnen des Priors?«

»Niemand kann diese schreckliche Frage heute noch beantworten. Oh!, könnte der alte Brunnen doch sprechen und sein Geheimnis preisgeben!«

Draußen wütete noch der Sturm, doch wir waren in Sicherheit in einem bequemen Zimmer und hatten für die Nacht ein Dach über dem Kopf.

Das bespukte Herrenhaus und das Duell von St. Andrews oder die alte braune Hexe

Dies kann man wohl kaum als eine St. Andrews-Geistergeschichte bezeichnen, aber sie ist so bemerkenswert seltsam und unheimlich, dass ich extra darum gebeten wurde, sie in diese Erzählungen aufzunehmen; aber immerhin gibt es darin eine Anspielung auf St. Andrews.

Vor einigen Jahren hatten wir im Golf Club in Cambridge einen russischen Prinzen zu Besuch, der sich gleichermaßen stark mit Golf und den Fragen von Geistern, Bogies, Hexen, Banshees, Todeswarnungen und dergleichen beschäftigte.

Er war ein 'standhafter Ungläubiger', was all diese Dinge anbetraf und gehörte einer phantasmalogischen Forschungsgesellschaft an, die sich zur Aufgabe gemacht hat, alle diese Dinge zu erforschen und zu entlarven.

Ich bekomme oft lange Briefe von ihm aus allen möglichen entlegenen Teilen der Welt, wo er Geschichten über Spukhäuser, Friedhöfe und so weiter untersucht; aber aus diesem seinem letzten Brief geht hervor, dass er es schließlich geschafft hat, einer echten und sehr unangenehmen Art von Gespenst zu begegnen.

Natürlich unterdrücke ich dabei alle Namen.

Aus dem ___ Haus, im Februar 1905:

'Mein bester W. T. L.,

ich bin jetzt im Moment in einem Herrenhaus, in dem es wirklich spukt. Endlich! Ich hatte aber eine sehr schreckliche, seltsame und unheimliche Erfahrung durch eine sehr abscheuliche Erscheinung.

Seit vierzehn Tagen bin ich jetzt hier – in diesem so seltsamen, großen, alten Haus mit seinen Türmchen und Türmen, feuchten Seitenflügeln, die mit Efeu und Schlingpflanzen bewachsen sind, und seinen kleinen, engen Fenstern.

Es liegt auf einer leichten Anhöhe und hatte in früheren Zeiten einen Graben um sich herum. Es ist von dichten Wäldern umgeben, und auf der Rückseite befindet sich ein dunkel aussehender See.

Die Treppen sind alle aus Stein und sehr schmal, und es gibt eine alte Kapelle und ein Sargzimmer im Haus. Im Garten, in einer Eibenallee, befinden sich eine Gruft und ein Grabstein, und darum dreht sich meine seltsame Geschichte:

Es scheint so, dass vor Jahrhunderten eine sehr unangenehme alte verwitwete Lady, und ein sehr unangenehmer Sohn das alte Haus bewohnt hatten.

Sie war ein sehr hässliches, exzentrisches Geschöpf und ein Geizhals. Von den Dorfbewohnern wurde sie nur die 'Braune Hexe' genannt.

Die Geschichten über ihr Treiben, die bis heute erzählt werden, sind höchst bemerkenswert. Es scheint, dass ihr Sohn, der nach allen Berichten ein schockierend schlechter Kerl war, in einem Duell getötet wurde, und die alte Dame starb kurz darauf als herumtobende Irre.

Sie hatte wohl ein sehr kurioses Testament hinterlassen, und was den Inhalt anbelangt, will ich mich nur mit zwei Details beschäftigen.

Das eine war, dass die Kammer, in der sie lebte und starb, für immer unberührt und ungestört, aber trotzdem unverschlossen bleiben sollte. Jeder Störenfried würde mit einem Fluch von Blindheit und schließlich dem Tod bestraft werden.

Das zweite war, dass sie in der Gruft in der Eibenallee begraben werden sollte, die sie speziell für ihre sterblichen Überreste hatte anfertigen lassen. Sie sollte mit ihren üblichen Kleidern und ihrer Haube bekleidet und in einen fest verschlossenen Glassarg gelegt werden, damit sie für jeden Eindringling sichtbar war.

Mein Gastgeber erzählte mir, dass die Kammer oder das Gewölbe auf dem Gelände bisher nie gestört worden sei, aber dass ihre Erscheinungen sehr häufig vor den glaubwürdigsten Zeugen stattgefunden hatten und dass solche Erscheinungen dann irgendein schreckliches Unglück für irgendjemanden bedeuteten.

Sie war vielen Besuchern erschienen und hatte sie erschreckt, sowohl im Haus als auch auf dem Gelände. Auch der Dorfpfarrer und die Dienerschaft hatten sie gesehen.

Er selbst hatte sie jedoch noch nie zu Gesicht bekommen, aber jede erdenkliche Maßnahme ergriffen, um das Geheimnis zu enträtseln, aber vergeblich.

Die Bediensteten, die im Freien arbeiteten, waren verängstigt und wollten nicht bleiben. Eine Besucherin war fast in den Wahnsinn getrieben worden, als sie ihre Erscheinung in der Dämmerung zum Fenster hereinspähen sah.

Natürlich lachte ich über diese verrückte Geschichte und auch über die Berichte von der Alarmglocke, die in Intervallen ohne sichtbares oder menschliches Zutun läutete. Nicht einmal der Mutigste würde es wagen, nach Einbruch der Dunkelheit die Eibenallee hinunterzugehen.

Nun, ich war zehn Tage im Haus gewesen, bevor etwas geschah. Ich muss sagen, der Wind und die Ratten und Eulen und Fledermäuse und das klopfende Geräusch des Efeus an den alten Fenstern in der Nacht waren ziemlich gruselig, aber bis in der letzten Nacht passierte wirklich nichts Außergewöhnliches.

Mein Zimmer lag an einem langen, schmalen, alten Korridor. Nach dem Karten- und Billardspiel, etwa eine halbe Stunde nach Mitternacht, wollte ich mich zur wohlverdienten Ruhe begeben und näherte mich meiner Tür im Korridor, als ich um eine Ecke herum ein schwaches Licht auf mich zukommen sah.

Ich ging in mein Zimmer und wartete, um zu sehen, wer so spät in der Nacht noch herumwanderte.

Dann blieb eine Gestalt vor meiner Tür stehen, die offensichtlich eine brennende alte Laterne trug. Ich hob meine Kerze hoch, um nachzusehen, und dann, oh Schreck!, taumelte ich einen Augenblick zurück, denn vor mir stand deutlich die schreckliche Gestalt der alten 'Braunen Hexe". Ein kalter Schweiß brach an meinem ganzen Körper aus.

Sie war weit, weit schlimmer als in den Beschreibungen.

Ich sah ihr braunes Gewand, die Haube, das schreckliche Gesicht und die riesigen schwarzen Augenhöhlen ohne Augäpfel. Die Nase war weg, und das Schlimmste von allem war dieses furchtbare Grinsen, das grausame Grinsen einer Wahnsinnigen – ein böses, schreckliches Gesicht.

Ich ging zu meiner Schublade, öffnete sie und griff nach meinem stets geladenen Revolver. Dann schrie ich laut und feuerte einmal, zweimal, dreimal. Sie rührte sich nicht; nur das schreckliche, spöttische Lächeln wurde breiter und teuflischer. Ich stürzte vorwärts, schlug die Tür zu, um den schrecklichen Anblick auszusperren, und ließ mich dann in einen Stuhl hineinfallen.

Ich musste sie jedes Mal mit Sicherheit getroffen haben, denn jetzt durchzog ein widerwärtiger Leichenhausgeruch die Luft. Dann flog die Tür auf, und mein Gastgeber und mehrere Männer und Diener stürmten ins Zimmer und fragten besorgt, was los sei und warum ich geschossen hatte.

Ich erzählte ihnen alles. Wir fanden die drei Einschüsse in der Wand gegenüber meiner Tür. Sie müssen durch dieses abscheuliche Grauen hindurchgegangen sein.

Muss ich sagen, dass ich eine erbärmliche Nacht verbracht habe? In der Tat, ich saß wach und ging überhaupt nicht ins Bett. Ich beschloss, früh abzureisen, aber vorher wollte ich auf jeden Fall in das Gewölbe gehen und sehen, was es enthielt, und auch die Kammer der 'Braunen Hexe' sorgfältig untersuchen, ohne etwas darin zu stören.

Am nächsten Tag beim Frühstück erzählte ich meinem Gastgeber, was ich vorhatte, und er erhob keinerlei Einwände, weigerte sich aber standhaft selbst in die Nähe des Gewölbes oder der Kammer zu gehen oder dies einem seiner Leute im Haushalt zu gestatten.

»Ach übrigens! Haben Sie gestern Abend die Alarmglocke im Turm geläutet?«, fragte er mich. »Es war das Geräusch Ihrer Schüsse und das Läuten der großen Glocke gleich danach, das mich so schnell in Ihr Zimmer brachte. Wir haben es alle gehört.«

Ich sagte ihm, dass ich nichts davon wüsste und die Glocke noch nie gehört hätte.

»Das dachte ich mir«, sagte er, »denn Sie waren fast ohnmächtig, als wir alle hereinkamen, und hatten uns kaum wiedererkannt.«

»Ich kann das mit der Glocke nicht erklären«, sagte mein Gastgeber, »oder was in aller Welt sie so läuten lassen kann. Sie hat kein Seil, und es kann unmöglich der Wind sein. Ich muss sie abnehmen lassen. Das letzte Mal, als sie so laut geläutet hat, wurde meine alte Haushälterin am Morgen tot in ihrem Bett gefunden.«

Um es kurz zu machen: Als Nächstes holte ich ein paar Arbeiter, um die Erde wegzuschaufeln, damit wir den Deckel zu dem alten Gewölbe in der Eibenallee finden konnten.

Das war bald erledigt, und wir stiegen schnell mit Lichtern hinab. Dort fanden wir uns in einer großen Gruft wieder, und auf dem Boden lag eine ramponierte und zerbrochene alte Laterne.

Zuerst dachten wir, der Raum sei leer, aber plötzlich bemerkten wir eine Nische an einem Ende und gingen sofort dorthin.

In dieser eigenartigen Nische lehnte an deren Ende ein großer Glaskasten oder Sarg, und darin befand sich, aufrecht stehend, die schreckliche augenlose Mumie des schrecklichen Wesens, das ich auf dem Korridor gesehen hatte und mit demselben spöttischen, grinsenden Mund und den riesigen hässlichen Zähnen. Sie war noch immer mit dem braunen Gewand und der Haube bekleidet. Der gleiche Geruch, von dem ich Ihnen zuvor erzählt habe, durchdrang den ganzen Ort.

Sie war in diesem grässlichen Glassarg hermetisch verschlossen und konserviert. Wir waren alle sehr froh, dieses Beinhaus zu verlassen und es aus den Augen aber nicht aus dem Sinn zu verdrängen. Das wäre für jeden von uns völlig unmöglich. Ich kriege den Geruch immer noch nicht aus der Nase. Er würde Sie krank machen.

Als Nächstes ging ich mit einem Freund und meiner Fahrradlaterne in die Kammer, um sie zu untersuchen. Zunächst ging es eine lange, schmale Steintreppe hinauf. Die alte Eichentür (sie war unverschlossen, wie ich schon sagte) gab bald unseren gemeinsamen Bemühungen ganz nach, ging knarrend auf, und wir standen in einem mittelalterlichen Raum.

Die alten Fensterläden waren fest verschlossen, die Decke, die einst schön gestrichen war, bröckelte stark ab, und der Wandteppich verrottete von den Wänden. Es war offensichtlich einmal eine prächtige Wohnung gewesen, aber jetzt war sie den Ratten und Motten und Spinnen und der Feuchtigkeit preisgegeben. Es ließ einen bis ins Mark erschauern und man nahm auch hier den gleichen schrecklichen Geruch wahr.

In einer Ecke stand ein Himmelbett mit Vorhängen, die nur noch Lumpen und Fetzen waren, wahrscheinlich dort, wo die alte Kreatur gestorben war. Die Tische und Stühle waren mit dem Staub der Jahrhunderte bedeckt. Es gab keine Teppiche. Ein altes Spinett stand an der Wand, und Papiere lagen überall zentimeterhoch im Staub.

Ein paar verkohlte Holzscheite befanden sich in der klaffenden alten Feuerstelle mit ihren altmodischen Kaminecken, und es schien so, als lägen überall wertvolle Stücke von altem Porzellan und Krimskrams herum.

Viele Bilder waren von den Wänden gefallen, aber ein paar verblichene Bleistiftzeichnungen waren noch an ihrem Platz. Stellen Sie sich meine Überraschung und mein Erstaunen vor, als ich feststellte, dass es sich um schottische Ansichten handelte – eine von Edinburgh, eine von der Kirche in Crail und drei von St. Andrews, einschließlich des alten College mit seiner Kapelle, des Schlosses und des St. Leonards College, mit der Jahreszahl 1676. Das war eine weitere höchst merkwürdige Sache, nach der ich mich erkundigen wollte, bevor ich ging.

Ich berührte jedoch nichts in dem Zimmer, wie ich es meinem Gastgeber versprochen hatte, und außerdem – Sie werden lachen – wollte ich nicht mit dem von der 'Braunen Hexe' versprochenen Fluch der Blindheit und des endgültigen Todes für jeden Eindringling, der ihre Sachen berührte, behaftet werden. Ich fürchtete sie viel zu sehr, seit ich sie in der Galerie und in ihrer Gruft gesehen und von ihrer verhexten Alarmglocke gehört hatte, die jemandem den Tod voraussagte.

Bevor ich abreiste, erwähnte ich meinem Gastgeber gegenüber die Zeichnungen mit den schottischen Ansichten im Hexenzimmer und fragte ihn, ob er etwas darüber sagen könnte, wie sie dorthin gekommen sind.

Kurz gesagt, es scheint so, dass sie (die Hexe) ihren Sohn in jenen alten Tagen weit weg an eine schottische Universität geschickt hatte, und ihre Wahl fiel auf St. Andrews.

Er war wohl sehr streitsüchtig in seiner Art und focht häufig Duelle aus, wobei er sich in der Regel als Sieger erwies.

Eines der letzten lieferte er sich in Sauchope Stone, nahe Crail, mit einem Neffen des Laird of Balcomie Castle. Sie kämpften mit Breitschwert und Schild, und der Sohn der 'Hexe' tötete dabei seinen Gegner.

Sein allerletztes Duell wurde auf St. Andrews Sands mit Degen ausgetragen, und er wurde durch das Herz gestoßen – eine saubere Angelegenheit.

Jetzt muss ich schließen. Ich bin entschlossen, die ganzen höchst mysteriösen Dinge später einmal weiter zu untersuchen.

Wenn Sie jemals selbst diesen Ort besuchen, sagt mein Gastgeber, Herr ___, wird er Sie das Gewölbe in der Eibenallee erforschen und den Sarg und die alte Hexe sehen lassen. Sie können auch weitergehen und die Kammer betrachten.

Wenn Sie das wirklich tun, nehmen Sie den Rat eines alten Freundes an und wagen Sie nicht, etwas darin zu berühren.

Ihr stets zu Diensten stehender Freund.'

Die Erscheinung des Priors von Pittenweem

Es war im September 1875, als ich zum ersten Mal den guten alten und inzwischen verstorbenen Captain Chester traf, und es war sehr viele Jahre vor dieser Zeit, als er sein furchterregendes altes Haus in St. Andrews angemietet hatte.

Ich war ein Cambridge 'Junge' – wie die Studenten den Ausdruck 'Junge' benutzen – als ich ihm begegnete. Er erzählte mir die folgenden skurrilen Geschichten in der Poppelsdorfer Allee* in Bonn, als ich dort im Urlaub war.

[* Die Poppelsdorfer Allee ist eine Prachtstraße in Bonn. Ursprünglich verband sie auf einer Länge von genau einem Kilometer das Kurfürstliche Schloss mit dem Poppelsdorfer Schloss]

Das Haus, das er in St. Andrews bewohnt hatte, muss nach seinen Schilderungen eine höchst unangenehme und unheimliche Behausung gewesen sein. Im ganzen Haus war nach Einbruch der Dunkelheit Klopfen und Hämmern zu hören, ein Zittern der Wände und Beben. Dinge, die schwer herunterfielen und ohrenbetäubende Schreie gehörten ebenfalls zum nächtlichen Programm.

Ich schlug Fledermäuse, Ratten, Eulen und Schmuggler als Ursache vor, was den alten Mann völlig außer sich vor Wut brachte und ihn dazu veranlasste, sich höchst undiplomatisch auszudrücken.

Ich wies darauf hin, dass eine solche Sprache wahrscheinlich jeden respektablen Geist verscheucht hätte, aber lassen Sie mich die Geschichte auf seine eigene Art und Weise erzählen.

»Mein Bruder und ich haben das Haus übernommen, Sir«, sagte er, »und wir hatten einen Neffen und einige Nichten bei uns.«

Es gab damals auch drei nicht mehr so junge englische Bedienstete und Sir – meine Güte! – sie hatten seltsame Namen.

Die Köchin besaß den außergewöhnlichen Namen Maria Trombone [Posaune], das Hausmädchen hieß Jemima Podge [Mops, Fettsack], und die andere alte 'Katze' hieß Teresa Shadbolt [ungewöhnlicher englischer Name frühmittelalterlichen Ursprungs, nach einem kleinen, längst verschwundenen Ort, der wegen der Rodung für Schafweiden weichen musste. Bedeutung etwa 'die Behausung an der Grenze'].

»Eines Abends saß ich in meinem Arbeitszimmer und rauchte, als die Tür mit einem Knall aufflog und Maria hereinstürmte.

»'Donnerwetter! Frau Posaune', sagte ich, 'wie können Sie es wagen, so in mein Zimmer zu kommen?'«

»'Nun, Sir', sagte sie, 'es gehen heute Nacht schreckliche Dinge vor sich. Ich bin zu Tode erschrocken.'«

»'Ich war gerade dabei, mich zu waschen', fuhr sie fort, 'als etwas mit einem Rascheln an mir vorbeirauschte und ich einen dicken Schlag mit einer feuchten, kalten Hand auf die Wange bekam. Dann bebte die Wohnung, und alle Dinge klapperten, wie ich es noch nie gehört hatte.'«

»'Unsinn, Posaune', sagte ich, 'du hast geschlafen, oder hast du vielleicht getrunken, na?'«

»'Der Herr segne Sie', sagte sie, keinen einzigen Tropfen!, aber letzte Nacht, Sir', fuhr sie fort, 'wurde Teresa Shadbolt zweimal das Bettzeug weggezogen, Sir, und Jane sagte, ein großer alter Mann in einem seltsamen Morgenmantel kam in ihr Zimmer und strich ihr mit seinem weißen Bart über das Gesicht, und, Sir, haben Sie sie nicht schreien hören?'«

»'Nein, mal soll mich hängen, wenn ich es getan habe. Ihr müsst alle total verrückt sein, wisst ihr.'«

»'Keiner von uns, kein bisschen, Herr', fuhr Frau Posaune fort.«

»'Irgendetwas stimmt nicht mit diesem gesegneten Haus – verschlossene Türen und Fenster fliegen weit auf, die Glocken läuten zu jeder Stunde der Nacht, wir hören Schritte auf der

Treppe, wenn alle im Bett sind, und Klopfen und Krachen und Schreien.'«

»'Dann wackeln die Tische und Sachen herum. Kein Christ könnte das ertragen. Bitte Sir, wir müssen alle von hier weggehen.'«

»Nun, daraufhin habe alle Frauen geweckt, und sie haben mir verdammt seltsame Dinge erzählt, aber ich habe sie schließlich wieder ins Reine gebracht.«

»Wie?«, erkundigte ich mich.

»Ich verdoppelte ihre Löhne, Sir, und ich sagte ihnen, sie könnten alle zusammen in einem Zimmer oben schlafen. Ich versprach ihnen noch eine richtig gute Feier zu Weihnachten und so weiter.«

»Dann sahen aber auch mein Neffe und meine kleinen Nichten den alten Mann mit dem langen weißen Bart zu verschiedenen Zeiten in den Gängen und auf der Treppe.«

»Seltsamerweise gewöhnten sich meine kleinen Nichten ziemlich schnell daran, den alten Mann mit dem grauen Bart zu sehen. Sie waren kein bisschen ängstlich und sagten nur, dass er genauso ist wie auf den Bildern vom alten Weihnachtsmann und er sähe freundlich aus.«

»Ich selbst habe ihn nie gesehen«, fuhr Chester fort, »bis zu einer All-Hallows-Nacht [die Nacht vor

Allerheiligen], oder Halloween, wie sie es in St. Andrews nannten; aber davon werde ich später sprechen.«

»Fahren Sie fort«, sagte ich, »es ist wirklich sehr interessant für mich.«

»Die Bediensteten sahen ihn alle noch ab und zu, und seine alte Erzfeindin, Posaune, erschrak ständig, zerbrach Dinge und fiel in Ohnmacht.«

»Ich selbst wurde durch seltsame, unheimliche Geräusche belästigt, wenn ich spät in der Nacht beim Rauchen saß.«

»Einmal gab es ein seltsames Rollen und Poltern unter dem Haus, als würden riesige Steinkugeln hin und her geschleudert, dann ein schwerer Schlag, und dann war es unerträglich still.

»Es folgte ein merkwürdiges Geräusch, als ob gedämpfte Jalousien schnell hoch- und runtergezogen würden. Das und eine Art Flattern und Rascheln, schien die Räume zu durchdringen.«

»Das verwirrte mich dann doch, und ich schaltete einen Detektiv ein; aber er fand überhaupt nichts heraus. Nach viel Mühe und Nachforschungen erfuhr ich dann von der Legende des Priors von Pittenweem und seiner Verbindung zu diesem alten Haus.«

»Es scheint so, als ob Moray und seine Bande von Plünderern die Kirche von St. Monance und das alte Priorat von Pittenweem geschlossen hatten. Der letzte Prior (nicht Forman oder Rowles), ein sehr alter Mann, wurde vertrieben und befand sich für einige Monate versteckt in Newark Castle, wohin ihm einige ehemalige Mönche Nahrung brachten.«

»Dann wurde Newark Castle niedergebrannt, und dieser alte Prior floh nach Balcomie Castle. Von dort ging er zur Kinkell-Höhle bei St. Andrews.«

»Ich kenne all diese Orte gut«, sagte ich.

»Nach einigen Wochen, und als der Winter kam, nahm er Zuflucht in dem sehr alten Haus, in dem ich später wohnte.«

»Er scheint dort sowohl unter Freunden als auch unter Feinden gewesen zu sein, und Schlägereien waren in jenen Mauern durchaus üblich.«

»Eines Nachts wurden diese heute längst toten und vergessenen Bewohner der alten Welt durch Schüsse, Waffengeklirr und wildes Geschrei aus ihrem Schlummer aufgeschreckt.«

»Um eine lange Geschichte kurz zu machen, der alte Prior von Pittenweem wurde nach dieser schrecklichen Nacht nie wieder von menschlichen Augen gesehen.«

»Viele vermuteten ein falsches Spiel, aber in jenen Zeiten hielt man es für das Beste, den Mund zu halten, und was machte es schon, wenn ein alter Prior verschwand?«

»Es waren furchtbare Zeiten«, sagte ich, »gut, dass wir in unseren heutigen Tagen leben.«

»Nun«, sagte der Captain, »will ich zur Nacht von Halloween kommen, wenn die Geister der Nacht angeblich umherwandern.«

»In jenen Tagen aßen wir früh zu Abend, und nach dem Essen ging ich hinunter zu einem alten Clubhaus am Golfplatz, dessen Ehrenmitglied ich war, um Karten zu spielen.«

»Es war eine perfekte Nacht.«

»Ein paar erste Schneeflocken fielen herunter und es herrschte ein kräftiger Wind. Als ich später den Club verließ, war der Boden bereits dicht vom Schnee bedeckt, aber der Sturm hatte aufgehört, und der Mond und die Sterne leuchteten hell an einem klaren Himmel.«

»Bei Gott, Sir, es war wie im Märchenland, und alle Kirchtürme und Hausspitzen glitzerten in den Mondstrahlen.«

»Ich schlenderte eine ganze Stunde lang durch den alten Ort. Es war wunderschön und es widerstrebte mir, ins Haus zu gehen.«

»Meine Güte, ich wurde ganz traurig und poetisch! Ich dachte an meine arme Schwester, die vor langer Zeit starb und im Stefano Rotondo* in Rom begraben ist, und an vieles andere auch.«

[* voller Name 'Basilica di Santo Stefano Rotondo al Celio', eine Kirche in Rom auf dem Hügel Celio]

»Dann dachte ich an St. Andrews, wie es ist und was es hätte sein können. Ich dachte an all seine heiligen Tempel, die von unseren frommen Vorfahren errichtet wurden, und an seine Altäre und Statuen, die verödet, ruiniert und entweiht sind.«

»Schließlich kam ich an meiner eigenen Tür an und trat in einer nachdenklichen Stimmung ein. Ich ging in mein Arbeitszimmer und zog meine Pantoffeln und meinen Morgenmantel an.«

»Gerade hatte ich mich hingesetzt und angefangen zu lesen, als es mit einem gewaltigen, schaurigen Schlag gab.«

»Unwillkürlich kauerte ich mich zusammen. Ich dachte, das Dach sei eingestürzt – verdammt, Sir, zumindest war ich sehr verblüfft. Alle wurden dadurch geweckt und dem Schlag folgte ein dröhnendes Geräusch.«

»Das muss ein Erdbeben gewesen sein, Captain Chester«, sagte ich.

»Sapperlot Sir! Ich weiß nicht, was es war. Ich dachte aber, ich wäre tot. Dann haben mein Neffe und ich eine Lampe geholt und das Haus untersucht.«

»Alles war in Ordnung – es gab nichts, was das furchtbare Geräusch erklären könnte.«

»Schließlich gingen wir die Treppe hinunter in die überwölbte Küche. Sapperlot noch mal Sir! Plötzlich packte mein Neffe meinen Arm und zeigte mit einem Schrei des Entsetzens auf die offene Küchentür.«

»'Oh, sieh da, sieh da!', schrie er fast.«

»Ich sah mich um und – verdammt – ich bekam ein seltsames Gefühl.«

»Da stand uns in der offenen Tür ein sehr großer, kahl geschorener alter Mann mit einem langen grauen Bart gegenüber. Er trug ein weißes Gewand oder eine Soutane, eine leinene Hose und vor allem einen mit Hermelin gefütterten schwarzen Mantel – die Ordenstracht der Augustiner.«

»In einer Hand hielt er einen sehr großen Rosenkranz, und er stützte sich auf einen dicken Knüppel.«

»Als ich mich vorwärts bewegte, zog er sich zurück, winkte mir dabei immer wieder zu – und ich folgte mit der Lampe in der Hand.«

»Ich musste ihm folgen – ich konnte nicht anders. Kennen Sie die Art wie eine Schlange ihre Beute faszinieren oder hypnotisieren kann, bevor sie sie verschlingt?«

»Ja«, sagte ich, »ich habe im Zoo gesehen, wie Schlangen diesen Trick anwenden.«

»Nun, Sir, ich wurde genau so hypnotisiert – genau so. Er winkte, und ich folgte ihm.«

»Plötzlich sah ich eine kleine Tür in der Ecke der Küche, die offen stand – eine Tür, die ich vorher nie bemerkt hatte. Die schattenhafte Erscheinung ging rückwärts auf sie zu, dennoch folgte ich.«

»Dann trat er durch das Portal. Je weiter ich vorankam, desto durchsichtiger wurde er. Schließlich verschmolz er, und die schwere Tür schloss sich mit einem ungeheuren Krachen und Klappern hinter ihm.«

»Die Lampe fiel mir aus der zitternden Hand und zerschellte auf dem Steinboden. Ich befand mich in pechschwarzer Dunkelheit – es herrschte Stille – und ich weiß nicht mehr, wie ich wieder ans Licht kam.«

»Am nächsten Morgen, in aller Frühe, holte ich einige Arbeiter und führte sie in die Küche hinunter, direkt in die Ecke, wo die Tür war, durch welche die Erscheinung in der vergangenen Nacht verschwunden ist.«

»Verflixt, Sir, da war keine Tür, nur die weiß verputzte Wand. Ich war verblüfft. 'Frau Posaune', sagte ich zur Köchin, 'wo zum Teufel ist die Tür hin?'«

»'Die Tür, Sir?', sagte die Köchin, 'da gibt es keine Tür, die ich je zuvor gesehen habe.'«

»'Posaune', antwortete ich, 'erzähl keine Unwahrheiten – du bist eine Närrin.'«

»Ich ließ die Männer arbeiten und den Putz und das Zeug herunterreißen, und, oh weh Sir!, nach einer Stunde fanden wir die Tür – eine dicke, mit Nägeln besetzte und mit Eisen beschlagene alte Tür aus Eiche.«

»Es dauerte eine Weile sie mit Gewalt zu öffnen, und dann ging es drei Stufen hinunter in eine Kammer mit mächtig dicken Wänden und einem gefliesten Boden, etwa sechs Fuß im Quadrat, erhellt durch einen kleinen Schlitz eines Fensters.«

»'Zerschlagt die Steinplatten', sagte ich.«

»Das taten sie, aber darunter war nur Erde zu sehen.«

»'Grabt hinunter', sagte ich, 'grabt wie der Blitz!'«

»Nach etwa einer Stunde kamen wir erneut zu einer großen Steinplatte mit einem Ring daran.

Wir hoben sie hoch und darunter war ein flaschenförmiger Trockenbau-Brunnen.«

»Dann stiegen wir mit Lampen hinunter. Was glauben Sie, was wir auf dem Grund des Brunnens gefunden haben?«

»Vielleicht Wasser«, schlug ich vor.

»Nein, kein verfluchtes Wasser«, sagte Captain Chester, »wir fanden das verfaulte Skelett eines sehr großen Mannes in sitzender Haltung. Neben ihm lagen ein großer Rosenkranz und ein stämmiger Eichenholzknüppel – der Rosenkranz und der Knüppel, die ich in der vergangenen Nacht in den Händen des Phantoms gesehen hatte.«

»Mein Freund, ich hatte das Problem gelöst – das war das Skelett des alten Priors von Pittenweem, der vor Hunderten von Jahren in diesem Haus verschwunden ist.«

Die wahre Geschichte der Phantomkutsche

Der große Vorhang war nach der Pantomime gefallen, und ich stand plaudernd auf der Bühne des Theaters in Cambridge, als einer der Bühnenarbeiter kam, um mir zu sagen, dass ich am Bühnenausgang gesucht würde und ich mich sofort beeilen müsse.

Ich ging dorthin und fand eine Menge Schauspieler und Golfspieler, jagender Jungs und anderer fröhlicher Jungs von der Universität, die riefen: »Komm schnell mit zum 'Blue Pig' [das blaue Schwein]«. Das Blue Pig ist ein Cambridge-Name für das 'Blue Boar Hotel' [der blaue Eber].

»Wir wollen ihnen einen Kerl namens Willie Carson vorstellen. Es wird dort ein Abendessen geben, und er hat uns etwas zu sagen. Das 'Schreckgespenst' ist gerade dort hingegangen, also kommen Sie sofort.«

Wir zogen also los zum Blue Boar Hotel und fanden Carson, der dort vor einem lodernden Feuer saß. Das Abendessen war schon in seinem schönen altmodischen Zimmer vorbereitet. Es war nur mit Kerzen beleuchtet und bot ein Bild der Gemütlichkeit, zumal es draußen heftig schneite und bitterkalt war. Nach einem Gespräch über die Vorzüge der Pantomime widmeten wir uns ganz dem ausgezeichneten Abendessen und drängten uns dann um den lodernden Kamin, um die Geschichte zu hören, die uns unser Gastgeber erzählen wollte.

»Haben Sie jemals etwas von der Phantomkutsche in St. Andrews gehört?«, fragte er. Er drehte sich plötzlich zu mir hin und legte seine Zigarre zur Seite.

»Schon oft«, antwortete ich, »ich habe von vielen Leuten die außergewöhnlichsten Geschichten darüber gehört; aber warum fragen Sie?«

»Weil ich sie gesehen habe«, erwiderte er leise und nachdenklich.

»Es war etwa vor fünf Jahren, sehr, sehr seltsam, so wie man es nie vergessen kann, und ganz unerklärlich. Deshalb habe ich Sie alle heute Abend hierher gebeten. Ich wollte mit Ihnen darüber sprechen.«

Er beugte sich über das Feuer und schwieg ein paar Minuten lang.

»Erzählen Sie uns alles darüber«, riefen wir alle gleichzeitig, »wir werden uns nicht darüber lustig machen.«

»Da gibt es in der Tat nichts, worüber man sich lustig machen könnte. Es ist eine wahre und ernsthafte Tatsache«, sagte er.

»Hören Sie zu«, fuhr er fort, »und ich will versuchen, Ihnen zu erzählen, was ich gesehen habe, aber ich kann es nur halbwegs beschreiben.«

»Vor fünf Jahren war ich gerade aus Amerika nach Hause gekommen und war in St. Andrews, um dort Golf zu spielen.«

»Ich glaube, es war Ende August, und ich muss bereits mindestens eine Woche in der Stadt gewesen sein, als ich an einem heißen und stickigen Abend – es war schon gegen Mitternacht – beschloss, einen langen Spaziergang auf dem Lande zu machen, und ich machte mich direkt auf den Weg nach Strathkinness.

»Die Nacht war sehr warm, dunkel und stürmisch, aber nicht feucht. Unbeständige schwarze Wolken schwebten hin und wieder in schnellem Tempo vor den Mond, der dazwischen ab und zu hell aufleuchtete. In der Ferne dröhnte unaufhörlich das Meer, und von Zeit zu Zeit wurde der dunkle Osthimmel von Blitzen eines Sommergewitters über den fernen Türmen der Kathedrale erhellt.«

»Immer wieder hörte ich das Grollen eines fernen Donners, und es gab ständig Windböen.«

»Ich muss etwa zwei Meilen die Straße entlanggegangen sein, als ich ein sehr großes Objekt erkennen konnte, das mir schnell entgegenkam. Als es näher bei mir war, bemerkte ich, dass es einer Kutsche ähnelte, dunkel, schwer, einfach. Es schien so, als dass es von vier großen schwarzen Pferde gezogen wurde, und der Fahrer war eine verhüllte, unförmige Gestalt.«

»Es näherte sich mit einem leisen Brummen oder Summen, das höchst merkwürdig und unangenehm anzuhören war. Von den Pferden kam eine Art hohl klingendes Trampeln mit den Hufen; ansonsten gab es keine Geräusche.«

»Keine irdische Kutsche dieser Art konnte ohne die gewöhnlichen Geräusche dahinfahren. Es war äußerst seltsam und unheimlich.«

»Als sie an mir vorbeifuhr, schien der Mond hell, und ich sah für eine kurze Sekunde lang ein grässliches weißes Gesicht am Fenster der Kutsche.«

»Dafür konnte ich aber umso länger und deutlicher die vier seltsamen schwarzen Pferde sehen, die keinen Laut machten, und den noch seltsameren, großen und in Decken gehüllten unförmigen Kutscher sowie die eigentümliche schwarze, düstere alte Kutsche mit einem sargförmigen Kasten auf dem Dach. Das Bemerkenswerteste war, dass sie keinen einzigen Schatten warf.«

»Gerade als sie an mir vorbeifuhr, gab es ein furchtbares Donnergrollen und einen Blitz, der mich fast blendete. Ich sah, wie der schreckliche, grässlichen Wagen in der Ferne verschwand, und dann zogen Wolken vor den Mond, und alles war schwarz – eine Dunkelheit, die man fühlen konnte, eine Dunkelheit eines verschlossenen, erdrückenden Gewölbes.«

»Für ein oder zwei Minuten fühlte ich mich krank und benommen. Ich wusste nicht, ob ich vom Blitz getroffen worden oder gelähmt war. Aber nach einer Weile verging es wieder.«

»Es war aber ein schreckliches, tödliches Gefühl, solange es andauerte. Ein ähnliches Empfinden habe ich weder vorher noch nachher erlebt, und ich hoffe, dass ich nie wieder diese Erfahrung machen werde.«

»Eine andere sehr merkwürdige Sache war das Verhalten meines Lieblings-Collie-Hundes, der sich normalerweise vor nichts fürchtet. Als das Phantom sich näherte (denn es war ein Phantom), kauerte er sich hin, zitterte und winselte, und als es nahe herangekommen war, floh er mit einem Bellen, das sich wie ein Kreischen anhörte, kauerte sich in den Graben am Straßenrand und gab dann ein leises Knurren von sich.«

»Ich sage Euch, Freunde, es ist in Ordnung, in diesem Raum darüber zu reden, aber keiner von Ihnen wäre gern an meiner Stelle gewesen, draußen in dieser seltsamen, unheimlichen Nacht auf dieser einsamen Straße.«

»Dass es übernatürlich war, davon bin ich überzeugt; es gibt einen sehr dünnen Schleier zwischen uns und der unsichtbaren Welt der Geister. Man sagt, dass ich einen siebten Sinn besitzen würde, nämlich das Zweite Gesicht, und ich weiß, dass ich das Erlebnis dieser Nacht nie vergessen werde.«

»Aber hören Sie zu – die Geschichte ist noch nicht zu Ende.«

»Am nächsten Morgen kam ein Telegramm von meinem Bruder in Kent, in dem er fragte: 'Geht es dir gut?'«

»Ich wunderte mich sehr darüber und telegrafierte zurück, dass es mir sehr gut ginge.«

»Am nächsten Tag kam zusätzlich noch ein Brief von meinem Bruder, der mir eine seltsame Erklärung gab.«

»Am folgenden Nachmittag des Tages, an dem ich die Kutsche sah, schaute mein Bruder aus den Fenstern des alten Herrenhauses in Kent, als er und einige andere einen großen Vogel mit höchst eigenartigem Gefieder bemerkten, der auf der Gartenmauer saß. Keiner hatte je zuvor einen Vogel dieser Art gesehen.

Er wollte schon nach einem Gewehr greifen, um ihn zu erschießen, als unser Vater, der sehr weiß und verängstigt aussah, ihn aufhielt: 'Nicht schießen', sagte er, 'es würde nichts nützen. Das ist der Vogel des bösen Omens für uns alle, und er erscheint nur vor einem Todesfall. Ich habe ihn bisher nur ein einziges Mal gesehen – in der Woche, als eure liebe Mutter starb.'«

»Mein Bruder war darüber so beunruhigt, dass er das erwähnte Telegramm zu mir nach St. Andrews schickte.«

»Mit der nächsten Post aus Australien erfuhren wir dann, dass unser ältester Bruder dort genau an dem Tag gestorben war, an dem ich die Kutsche in St. Andrews sah und mein Bruder den Vogel in unserer alten Heimat in Kent.«

»Sehr merkwürdig, nicht wahr; aber was wissen Sie über diese Kutsche?«, fragte er mich.

»Nur Erzählungen«, sagte ich. »Viele Leute schwören, dass sie diese in stürmischen Nächten gehört oder gesehen haben. Ich kenne ein Mädchen, das darauf schwört, und auch einen Arzt, dem sie auf der Straße begegnet ist und sein Pferd und ihn selbst fast zu Tode erschreckt hatte.«

»Die Geschichte mit den beiden Landstreichern ist sehr interessant«, sagte ich.

»Sie stapften in einer wilden, stürmischen Nacht nach St. Andrews, als diese unheimliche Kutsche sie überholte.«

»Sie hielt an, die Tür öffnete sich, und eine weiße Hand winkte ihnen zu.«

»Einer der beiden Landstreicher eilte herbei und stieg ein.

»Dann schloss sich plötzlich geräuschlos die Tür, die Kutsche fuhr davon und ließ den anderen Landstreicher allein in dem erbarmungslosen Wind und Regen zurück.«

»'Ich habe meinen alten Kumpel nie wieder gesehen", sagte der Tramp, als er die Geschichte erzählte, 'und ich werde es auch nie wieder tun – die alte Kutsche war nicht von dieser Welt, sie hat meinen alten Kumpel in 'Davy Jones' Spind'* gebracht – der arme Kerl.'«

[*Davy Jones Spind (Davy Jones' Locker), ist ein englisches Idiom für den Grund des Ozeans, als letzte Ruhestätte ertrunkener Seeleute]

»Man sagt, seine Leiche sei einige Monate später im Meer gefunden worden, und die Legende besagt, dass die Geisterkutsche ihre nächtliche Reise in den Wellen der St. Andrews Bay beendet.«

»Wessen Kutsche ist es?«, fragten alle, die im Raum waren.

»Ich kann es nicht sagen; einige sagen Bethune*, andere Sharpe** und wieder andere Hackston***. Ich weiß auch nicht, wer die Gestalt darin sein soll, es sei denn, es ist seine 'satanische Majestät' selbst.«

[* David Beaton (auch Bethune), war Erzbischof von St. Andrews und Kardinal. ** James Sharp (auch Sharpe) war Erzbischof von St. Andrews. Er wurde bei einem Attentat ermordet. *** David Hackstone war einer der Attentäter beim Überfall auf James Sharp und wurde neben anderen dafür hingerichtet]

»Auf jeden Fall scheint es eine sichere Tatsache zu sein, dass eine Phantomkutsche von Zeit zu Zeit auf den Straßen rund um St. Andrews gesehen worden ist. Ich selbst habe sie aber noch nie gesehen.«

»Nun«, sagte Carson, »diese schreckliche Kutsche erscheint. Sie erschien mir, und zweifellos wird sie im Laufe der Zeit vielen anderen erscheinen. Sie verheißt niemandem etwas Gutes, und ich bemitleide von ganzem Herzen jeden, der ihr begegnet. Hüten Sie sich vor diesen Straßen spät in der Nacht, oder Sie könnten, wie ich, eines Tages zu Ihrem Schaden dieser grässlichen, unheimlichen alten Phantomkutsche begegnen. Wenn das der Fall ist, werden Sie sich bis zu Ihrem Todestag daran erinnern.«

»Seltsam, erst die Kutsche und dann den Vogel gleichzeitig zu sehen, und das an zwei so weit voneinander entfernten Orten«, murmelte der golfende Johnny, »und dann stirbt auch noch Carsons Bruder.«

»Ich würde lieber den Vogel sehen als die Kutsche«, sagte einer.

»Ich schätze, ich würde lieber keinen von ihnen sehen«, sagte ein anwesender Amerikaner, »ich bin froh, dass wir in Yankeeland keine Phantomkutschen haben.«

Die verschleierte Nonne von St. Leonards

Seltsamerweise habe ich, obwohl ich in vielen alten Spukschlössern und Kirchen war (zur genau richtigen Zeit, nämlich um Mitternacht) in Schottland, England, Wales und im deutschen Rheinland, noch nie einen Geist gesehen oder gehört.

Das einzige, was ich je gesehen habe, war eine zufällige Begegnung mit dem berühmten 'Spring-heeled Jack'* in einer dunklen Gasse in Helensburgh. Das war vor vielen Jahren, und da ich damals sehr klein war und er von immenser Größe, war die Begegnung für mich ausgesprochen unangenehm.

[* Spring Heeled Jack (Jack mit der Sprungfederferse) ist eine Figur aus der englischen Folklore, die in der viktorianischen Zeit mehrere Menschen angegriffen haben soll]

Aus Legenden erfahren wir, dass St. Andrews eine riesige Anzahl von übernatürlichen Erscheinungen unterschiedlicher Art, Größe und Form hat. Die meisten von ihnen sind ehrfurchtgebietend und lassen einem das Blut gerinnen.

In der Tat sind sie so zahlreich – 80 an der Zahl – dass es wirklich keinen Platz für moderne Geisteraspiranten gibt, die einen ruhigen Ort suchen, um zu erscheinen und den Leuten die Haare weiß werden zu lassen.

»Bevor ich die Geschichte von der verschleierten Nonne aus der St. Leonards Kirchen-Allee erzähle, ist es vielleicht gut, ein paar von den vielen Geistern in St. Andrews zu erwähnen.

Ich werde dabei gewöhnliche Geister und Dinge, die man lediglich hören kann, beiseitelassen.

Nun, da ist einmal die berühmte Phantomkutsche, von der Willie Carson erzählt hat. Sie wurde von vielen gehört und gesehen.

Es gibt auch eine Weiße Lady die früher in der Abbey Road spukte, das Gespenst von St. Rule's Tower, das Gespenst des Haunted Tower, das Gespenst von Blackfriars, das Gespenst von Hackston of Rathillet, das Gespenst des alten Schlosses, die tanzenden Skelette, den erstickten Dudelsackpfeifer, den Phantom-Bluthund, das Gespenst der Priorei und viele, viele mehr.

Die Nonne von St. Leonards ist genauso kurios und interessant wie alle anderen auch, wenngleich ein wenig unheimlich und grausam.

Zur Zeit der bezaubernden Maria Stuart, unserer weißen Königin, lebte in der alten South Street eine sehr reizende Lady, die einer sehr alten schottischen Familie angehörte. Ihre Schönheit und ihr Witz brachten viele Verehrer dazu, um ihre Hand anzuhalten, aber mit wenig oder – besser gesagt – gar keinem Erfolg.

Sie wies sie alle ab, doch schließlich verlobte sie sich mit einem feinen und tapferen jungen Burschen, der aus dem Landesteil East Lothian kam. Einige Monate lang ging alles fröhlich zu, wie eine klingende Hochzeitsglocke, aber schließlich überschatteten Wolken den rosigen Horizont.

Sie hatte beschlossen, niemals eine irdische Braut zu sein, sondern den Schleier zu nehmen und eine Braut der Heiligen Kirche zu werden – eine Nonne, um genau zu sein.

Als ihr Geliebter hörte, dass sie ihr Heim verlassen hatte und in ein Haus der heiligen Schwestern eingetreten war, verkündete er sofort seine Absicht, nach St. Andrews zu eilen, sie zu ergreifen und sofort zu heiraten.

Bei diesem Vorhaben schienen sich die Eltern der jungen Dame mit dem aufopferungsvollen jungen Mann vollkommen einig zu sein.

Er eilte fast sofort nach St. Andrews und erfuhrt dort einen schrecklichen Schock.

Als er auf das einst reizende und von ihm geliebte Mädchen traf, sah er, dass sie tatsächlich getan hatte, was sie geschrieben und angedroht hatte:

Statt eine irdische Braut zu werden, hatte sie es vorgezogen, ihr Gesicht grausam zu verstümmeln und mit einem heißen Eisen zu brandmarken.

Der arme Jüngling, der ihre berühmte Schönheit so zerstört sah, floh nach Edinburgh, wo er Selbstmord beging, und sie, nachdem sie Nonne geworden war, starb vor Kummer und Reue.

Das alles geschah vor fast 400 Jahren, aber ihr Geist mit dem schrecklich entstellten und verstümmelten Gesicht wandert noch immer nachts in der friedlichen kleinen Allee zum alten eisernen Kirchentor von St. Leonards an der Pends Road.

Sie ist ganz in Schwarz gekleidet, mit einem langen schwarzen Schleier über dem einst schönen Gesicht und trägt eine Laterne in der Hand.

Wenn ein mutiger Besucher dieser Allee ihr begegnet, streift sie langsam ihren Gesichtsschleier beiseite, hebt die Laterne zu ihrem vernarbten Gesicht und offenbart seinem entsetzten Blick diese schrecklichen Züge.

Jetzt erzähle ich von einer merkwürdigen Sache, von der ich weiß, dass sie sich dort vor ein paar Jahren ereignet hat.

Ich kannte hier einen jungen Burschen, der sich mit Theologie und Kirchenrecht befasste, als auch einen großen Freund von ihm, einen alten Mann aus Cambridge. Den Ersteren werde ich Wilson nennen und den Letzteren Talbot, da ich die genauen Namen nicht nennen will.

Nun, Wilson hatte Talbot für einen Monat zum Golfspiel nach St. Andrews eingeladen, und er kam an einem Weihnachtstag hier an.

Danach verbrachte er etwa zehn Minuten in mein Zimmer, und ich habe niemals jemanden gesehen, der fröhlicher und aufgeweckter und mit den alten Tagen in Cambridge verbundener gewesen war als er.

Dann eilte er los, um zu den Links* und zum Club zu gehen.

[* Mit Links wird eine besondere Art von Golfplatz nach britischer Art bezeichnet, so wie der Golfsport einst begonnen hat]

Spät an diesem Abend stürzte Wilson herein. »Kommen Sie schnell und sehen Sie nach Talbot; er ist furchtbar krank, und ich weiß nicht, was mit ihm los ist.«

Ich ging los und fand Talbot in seiner Unterkunft, wo auch ein Arzt anwesend war. Er sah wirklich gefährlich krank aus und schien völlig benommen zu sein.

Wilson erklärte mir, dass er an diesem Abend einige Leute unten am Hafen geschäftlich besuchen musste und dass er Talbot mit auf die Pends Road nahm.

Es war eine schöne Nacht, und Talbot sagte, er würde auf der Straße spazieren gehen und eine Zigarre genießen, bis sein Freund zurückkäme.

Nach etwa einer halben Stunde kehrte Wilson zurück, ging die Pends Road hinauf, konnte Talbot aber nirgends sehen.

Nachdem er lange herumgesucht hatte, fand er ihn, angelehnt an den dritten oder vierten Baum der kleinen Allee hinauf zum Tor zur St. Leonards Kirk.

Er ging auf ihn zu. Talbot, der sich zu ihm hindrehte, zeigte ein entsetztes Gesicht und sagte: »Oh, mein Gott, sind Sie wieder zu mir gekommen«.

Dann fiel er in einem Anfall oder einer Ohnmacht um.

Wilson rief ein paar Passanten, die ihm halfen, den armen Talbot in sein Zimmer zu bringen. Dann kam er bei mir vorbei, um mich zu holen.

Wir saßen mit Talbot zusammen, ziemlich verwundert und staunend. In kurzen Worten erzählte er uns dies, wie ich es zusammenfasse:

Nachdem er die Pends Road auf und ab gelaufen war, wollte er sich eine kleine Allee ansehen, als er am Ende ein Licht sah, das sich ihm näherte. Er drehte sich um und ging hin.

Da er dachte, es sei ein Polizist, wünschte er ihm einen 'Guten Abend', erhielt aber keine Antwort.

Als er näher kam, sah er, dass es eine verschleierte Frau mit einer Laterne war. Als er dicht bei ihr war, blieb sie vor ihm stehen, zog ihren langen Schleier beiseite und hielt ihm die Laterne entgegen.

»Mein Gott«, sagte Talbot, »ich kann dieses schreckliche, furchterregende Gesicht niemals vergessen oder beschreiben. Ich dachte, ich müsste ersticken und fiel wie ein Klotz vor ihre Füße.«

»Ich erinnerte mich an nichts mehr, bis ich mich in diesen Zimmern wiederfand und ihr beiden Herrn neben mit saßt.«

»Morgen verlasse ich diesen Ort«, sagte er noch – und das tat er auch mit dem ersten Zug.

In seinem Zustand der Panik war er schrecklich anzusehen. Weder Wilson noch Talbot hatten jemals die Geschichte von der schrecklichen Erscheinung der Nonne von St. Leonards gehört, und ich hatte die Existenz dieser seltsamen

Geschichte fast vergessen, bis ich auf so kuriose Weise wieder daran erinnert wurde.

Ich habe Talbot nie wieder gesehen, bekam aber ein Jahr später einen Brief von ihm, den er aus Rheinfels [Hessen] geschrieben hatte.

Er teilte darin mit, dass er am Weihnachtstag eine weitere Vision – einen Traum oder was auch immer es war – von demselben schrecklichen Gespenst gehabt hatte.

Etwa ein Jahr später las ich in einer Zeitung, dass der arme alte Talbot in der Weihnachtsnacht in Rosario [vermutlich das Rosario im Tessin/Schweiz gemeint] an Herzversagen gestorben war.

Ich frage mich oft, ob der gute Bursche einen weiteren Besuch von der schrecklichen verschleierten Nonne aus der St. Leonards Avenue gehabt hatte.

Der Mönch vom St. Rules Turm

Vor einigen Jahren war ich im Londoner Stadtteil St. Albans Holborn von einer Schar niedlicher Kinder umgeben. Ich glaube, sie gehörten zu irgendeiner Gilde und spielten die Rolle von Kobolden, Feen, Statuen usw. in verschiedenen Pantomimen in benachbarten Theatern.

Ich war dorthin eingeladen worden, um die Kinder mit Liedern und Imitationen zu unterhalten, und nun schrien sie alle lauthals nach einer Geistergeschichte.

»Es geht auf Weihnachten zu«, riefen sie alle, »und wir wollen alle etwas über Gespenster hören, richtig gruselige Gespenster.«

Ich wies sie darauf hin, dass die meisten Gespenstergeschichten Unsinn seien und dass solche Geschichten sehr geeignet sind, kleine Jungs und Mädels nachts wach zu halten; aber so wie es war, darauf wollten sie nicht hören. Sie wollten Geister, und Geister bekamen sie auch.

Nun, in etwa einer Stunde hatte ich die meisten meiner besten Gruselgeschichten erzählt. Fast alle meiner Geschichten über schottische, englische und kontinentale Schlösser und die damit verbundenen Feen, Wassergeister, Gespenster usw. waren aufgebraucht, aber die Kinder verlangten immer noch mehr – wie Oliver Twist.

Ich war wirklich ziemlich ratlos. Meine Gedanken flogen plötzlich ins Jahr 1875 zurück, als mir Captain Chester auf dem Gelände des Kursaals im schönen Baden-Baden eine seltsame Geschichte erzählte.

Diesen lieben alten Kriegsveteran lernte ich zum ersten Mal in Rom kennen. Wir wurden feste Freunde und reisten viele heitere Wochen lang zusammen. Er erzählte mir seine seltsame Geschichte in der unflätigsten Militärsprache, die ich hier allerdings auslassen muss. Sie würde sich in Bunkern eignen, aber nicht auf dem Papier.

So wie es ein temperamentvoller Tag, und so waren auch seine Bemerkungen.

Viele Jahre zuvor, wie es aussah, hatte er Schottland und England besucht, um zu versuchen, ein oder zwei Geister zu sehen.

Er war in Cumnor Hurst gewesen, um die Erscheinungen der unglückseligen Amy Robsart zu untersuchen. Er ging nach Rainham Hall, um die berühmte Braune Lady zu befragen, und er reiste nach Hampton Court, um das schreiende Gespenst zu hören.

Auch nach Church Strelton war er gegangen, um zu sehen, ob er das Gespenst am Copper Hole finden könnte.

In Schottland folgte er der Spur verschiedener Geister und landete schließlich in St. Andrews.

»Bei Gott, Sir«, sagte er, »das ist der richtige Ort für Geister. Jede verfluchte Ecke ist voll von ihnen – verdammt voll.«

»Sehen Sie sich die Kerle in den Kerkern des Schlosses an, und Beaton und Sharpe und die Männer, die gehängt und verbrannt wurden, und die alten 'Teufel' – ich meine Hexen.

Ich habe dort meinen Geist gesehen, nachdem ich vor vielen Jahren in St. Andrews, das damals noch ein kleiner Ort war, ein altes Haus angemietet hatte. Es wurde noch sehr wenig Golf gespielt, und es gab sehr wenig zu tun. Die Geister waren jedoch zahlreich, und die urigen alten Einrichtungen in der Stadt waren voll von ihnen.«

»Die Leute dort konnten stundenlang über Geisterkutschen, Totenglocken, Leichenkerzen, Leute die Laken umwickelt herumlaufen, geisterhafte Leichenwagen und Gott weiß was noch alles reden. Ich liebte es, es versetzte mich ganz ins Mittelalter zurück.«

Also erzählte ich diesen Kindern Captain Chesters Geschichte. Ich tat das so gut wie möglich in seinen eigenen Worten, ohne die gewaltsamen Ausdrücke.

Es gelang mir auch, seine Stimme und seine Art zu treffen, und das schien die Kinder besonders zu amüsieren.

Ich trug sie also vor, wie er es mir erzählt hatte:

»Wahrhaftig, Sir!«, »es war eine seltsame Zeit.«

»Von allen Geschichten, die ich gehört hatte, gefiel und faszinierte mich am meisten die Legende vom Mönch, der in Mondscheinnächten über den Turm von St. Regulus* blickt.«

[* St. Regulus war ein legendärer Mönch oder Bischof von Patras, Griechenland, der 345 n. Chr. mit den Gebeinen des Hl. Andreas nach Schottland geflohen sein soll, und sie in St. Andrews deponiert hat]

»Ich ging jede Nacht dorthin und glaubte ständig, eine Gestalt über den Rand spähen zu sehen, war mir aber nicht sicher. Dann bekam ich einen sehr betagten Mann zu fassen, der mir etwas über die alte Legende erzählte.«

»Vor vielen, vielen Jahren soll es einen guten Prior von St. Andrews namens Robert de Montrose gegeben haben.«

»Er regierte gut, sanft und weise, aber unter den Mönchen gab es einen, der immer böse Dinge im Schilde führte und den Prior Robert oft zurechtstutzen musste.«

»Er spielte Streiche, fehlte oft bei den täglichen und nächtlichen Gottesdiensten der Holy Kirk und brachte auch sonst die Regeln und die Disziplin durcheinander.«

»Als schließlich Earl Douglas und sein Gefolge nach St. Andrews kamen, um der Kathedrale eine kostbare Statue zu schenken, die seit Langem als die 'Douglas Lady' bekannt war, hatte dieser Mönch eine heiße Affäre mit einer der wartenden Frauen unter den Bediensteten von Lady Douglas, der Frau des Earls.«

»Dafür wurde er für einige Tage im Kerker der Priorei eingesperrt.«

»Es war die Angewohnheit von Robert de Montrose gewesen, fast jede schöne Nacht den Turm von St. Rule zu besteigen und die Aussicht zu bewundern.«

»Der oberste Teil wurde damals mithilfe von Leitern und hölzernen Podesten erreicht – nicht wie heute über eine Treppe. Es standen da auch noch die Apsis und ein Teil des Kirchenschiffs, und die Spitze des feierlichen alten Turms wurde von einer kleinen Turmspitze gekrönt.«

»Eines Abends, kurz vor dem Weihnachtsfest, als der Prior wie üblich auf der Turmspitze war, folgte ihm der widerspenstige Mönch heimlich die Leiter hinauf, stach ihm mit einem kleinen Dolch in den Rücken und schleuderte ihn über die Nordseite des alten Turms.«

»Ich dachte, Captain Chester«, sagte ich, »dass der Mord auf der Treppe des Schlafsaals stattgefunden hatte.«

»Beim Corpus Christi!, Sir, ich sage Ihnen, was mir gesagt wurde und was ich beweisen kann, Sir.«

»In Ordnung«, antwortete ich, »bitte schießen Sie los.«

»Nun«, fuhr Chester fort, »man erzählte mir, der Prior sei seither oft gesehen worden, wie er über den Turm spähte, und manchmal sah man ihn von oben herunterfallen, wie es vor vielen Jahren geschehen ist.«

»Übrigens«, seinen Mörder ließ man verhungern und er wurde dann in einer alten Grube verscharrt.«

»In einer Mondscheinnacht, als mein Bruder und ich auf dem Kirkhill* standen, sahen wir zu unserem Entsetzen und Erstaunen, wie eine Gestalt plötzlich auf der Spitze des Turms erschien, auf die Brüstung hüpfte und absichtlich hinübersprang. Verflixt, Sir, mir gefror das Blut in den Adern.«

[* Kirchhügel, Kirk = Kirche, das Gebäude wie auch die schottische Kirche insgesamt, hill = Hügel]

»Wir zögerten nicht lange und sprangen über die niedrige Mauer der Kathedrale. Das war in jenen Tagen leicht zu machen, und wir waren jung und aktiv.«

»Wir eilten zu dem düsteren alten Turm, und gerade als wir uns ihm näherten, ging ein Mönch im Augustinergewand an uns vorbei.«

»Seine Kutte wurde zurückgeworfen, und für eine Sekunde hatten wir einen Blick auf sein blasses, hübsches Gesicht und seine scharfen, durchdringenden Augen.«

»Dann verschwand er so plötzlich, wie er aufgetaucht war. Wir waren allein im Mondlicht, nichts rührte sich.«

»Das ist sehr merkwürdig«, sagte ich.

»Verdammt, Sir, ich habe Ihnen noch viel merkwürdigere Dinge zu erzählen.«

»Wir gingen zurück in das alte Haus, aßen zu Abend und zogen uns nachdenklich zurück, um zu Bett zu gehen.«

»Gegen 2 Uhr nachts wachte ich auf. Die Jalousien waren hochgezogen und im Zimmer war es durch das hereinscheinende Mondlicht taghell gewesen.«

»Stellen Sie sich mein ungläubiges Erstaunen vor, als ich deutlich den blassen Mönch erkannte, der sich an den Kaminsims gelehnt hatte und den ich ein paar Stunden zuvor in der Nähe des eckigen Towers gesehen hatte.«

»Er stützte sich auf seinen Ellbogen und starrte mich aufmerksam an, während er in seiner Hand einen Gegenstand hielt, der bläulich im Mondlicht glitzerte.«

»Dann lächelte er mir zu. 'Fürchte dich nicht, Bruder«, sagte er, »ich bin Prior Robert von Montrose, der diese Erde vor vielen Jahren verlassen hat. Du hast in den letzten Tagen so viel über mich gesprochen und an mich gedacht.'«

»'Heute Abend sah ich euch in unserer grausam zerstörten Abbey Kirk. Leider! Leider!'«

»'Ich komme aber von einem Ort hinter den Hügeln und muss heute Nacht noch weit gehen.'«

»'Was wollt Ihr, Heiliger Vater?'«, sagte ich, 'und wie war das mit eurer Ermordung?'«

«'Das ist längst vergeben und vergessen', sagte er. 'Ich liebe es von Zeit zu Zeit wieder meine alten Schauplätze aufzusuchen, und auch dieser Mönch tut das. Ich glaube, du hast in deiner Verwandtschaft einen Montrose, ein Abkömmling unserer Familie.'«

»'Ja', sagte ich, 'ich kenne Bob Montrose gut.'«

»'Sieh dir diesen Dolch an, den ich in der Hand halte', sagte Prior Robert, 'mit ihm habe ich vor vielen Jahren auf dem Turm der gesegneten St. Rule mein Leben auf dieser Erde verloren. Sie haben ihn mit mir in meinem Steinsarg begraben;

ich will ihn hier bei dir lassen, damit du ihn meinem Verwandten gibst, denn er wird ihm von Nutzen sein, wenn er einmal von hier weggeht – merk dir meine Worte.'«

»Er hob die Hand wie zu einem Segen und schmolz dahin.«

»Ich fiel zurück in einen Schlaf oder in eine Ohnmacht. Als ich aufwachte, strömte die Morgensonne in mein Schlafzimmer. Zuerst dachte ich, ich hätte am Abend zuvor zu viel gegessen und einen Albtraum gehabt, aber auf dem Tisch neben meinem Bett lag ein alter Dolch von merkwürdiger Machart – der Dolch, mit dem vor Jahren den Prior erstochen wurde.«

»Ich erfüllte treu mein Gelübde, und mein Freund, Major Bob Montrose, hat nun den Dolch seines mönchischen Vorfahren.«

»Das ist alles, was Captain Chester mir erzählt hat, liebe Kinder. Auf Wiedersehen, vergesst mich nicht, und vergesst auch nicht die alten Gespenster von St. Andrews, den Tower von St. Rule und das Gespenst von Prior Robert of Montrose.«

Dann brauste eine moderne Droschke mit mir nach King's Cross davon.

Erzählt von Captain Chester

Auf meinen Reisen habe ich viele sehr außergewöhnliche und bemerkenswerte Menschen mit Hobbys und Marotten verschiedenster Art kennengelernt, aber ich habe nie einen Mann mit einer so kuriosen Persönlichkeit getroffen wie diesen alten Freund von mir, Captain Chester. Alle seine Methoden und Ideen waren stets urtypisch für ihn. Jeder hat irgendein Hobby; sein Hobby war die Geister- und Spukjagd.

An einem Septemberabend saßen wir im großen Garten eines der Hotels in Bonn, der sich bis zum Rhein hinunterzog. Wir hörten der Musikkapelle zu und beobachteten die großen Flöße, die aus dem Schwarzwald kamen und den Fluss hinuntertrieben.

»Bei Gott, Sir«, sagte der alte Mann, »ich habe in den Rocky Mountains Großwild geschossen und anderswo Tiger gejagt und all so etwas, aber, zum Teufel!, Sir, ich jage lieber Geister.«

»Dieser Robert de Montrose war der Erste, den ich gesehen habe. Es gibt Schwärme von diesen Gestalten, eine ganze Armee von ihnen überall, besonders in St. Andrews. Sie sollten mal die Banshees hören, die nachts in den irischen Sümpfen kreischen. Ich glaube nicht an Ihre höllischen Seeschlangen, aber ich habe Wasserkobolde in den schottischen und amerikanischen Seen gesehen.«

Ich sagte ihm, dass ich noch nie eine Banshee gehört oder einen Wasserkobold gesehen hätte.

»Sehr wahrscheinlich, Sir, sehr wahrscheinlich. Nicht jeder kann diese Dinge sehen und hören. Ich aber schon.«

Dann sagte ich ihm, dass ich auch noch nie einen körperlosen Geist gesehen hatte und es auch nicht wollte.

»Meine Güte, beim Teufel!, Sir, ich halte körperlose Geister für weitaus schlimmer. Sie sind aber recht häufig. Ich spiele auf menschliche Körper an, die ihren Geist oder ihre Seele verloren haben und dennoch unter uns umhergehen. Mein Cousin ist einer von ihnen.«

»Ach«, fuhr er fort, »die losgelöste Persönlichkeit ist eine merkwürdige Sache. Ich kann meine Persönlichkeit loslösen, Sie auch?«

»Ganz gewiss nicht«, sagte ich, »was zum Teufel meinen Sie?«

»Ich meine«, sagte er, »ich meine damit, dass mein Geist nach Belieben aus meinem Körper heraus schweben kann. Mein Geist wird zu einer Art geistigem Ballon. Dann kann ich dem Schicksal trotzen.«

»Wie zum Donnerwetter schaffen sie das?«, sagte ich.

»Natürlich durch Übung, Sir. Wenn mein Geist aus meinem Körper heraus schwebt, kann ich meinen eigenen alten Körper in meinem Sessel sitzen sehen, und es ist ein hässliches altes Wrack. Das ist schlecht für den Menschen, das gebe ich zu; es schwächt einen sehr.«

»Es kann auch etwas anderes passieren. Ein fremder umherwandernder Geist kann plötzlich von dem eigenen Körper Besitz ergreifen, und dann kann der eigene Geist nicht mehr zurückkommen. Dann wird ein zu einem Wandergeist, der immer versucht, sich in den Körper anderer Leute zu zwängen. Dann gerät der eigene Geist in einen geistigen Bunker, verstehen Sie?«

»Ich kann mir das überhaupt nicht vorstellen, es ist mir auch höchst unangenehm. Erzählen Sie mir lieber von Geistern, die Sie gesehen haben, und von dem Dolch, den Sie Major Montrose gegeben haben.«

»Oh! Dann sind Sie also nicht an der eliminierten Persönlichkeit interessiert?«

»Kein bisschen«, sagte ich, »ich weiß nicht, was das ist. Erzählen Sie mir zur Abwechslung lieber mal etwas über den Dolch.«

»Oh! Ach ja! Nun, der Dolch, den Robert of Montrose mir gab, erwies sich bei vielen Gelegenheiten als sehr nützlich für meinen Verwandten und alten Freund, Bob Montrose.«

»Dieser Dolch hatte eine wunderbare eigene Kraft in sich.«

»Eines Abends geriet Bob Montrose in eine Schlägerei mit Spaniern, und da er unbewaffnet war, befand er sich in einer recht gefährlichen Situation.«

»Plötzlich glitt ihm etwas in die Hand, und bei Gott, es war der Dolch, und dieser Dolch rettete ihm das Leben.«

»Ein anderes Mal befand er sich in einem amerikanischen Zug mit einem herumtobenden Verrückten, und wenn der schützende Dolch nicht gewesen wäre, wäre er in Stücke gerissen worden. Danach nahm er ihn überall mit hin.«

»Wo ist er jetzt?«, fragte ich.

»Nun, es gibt da eine merkwürdige Sache, wenn Sie so wollen. Bob ist auf der französischen Insel gestorben, wo Paul und Virginia* gelebt haben.«

[* Paul und Virginia sind Charaktere in einer Novelle Jacques-Henri Bernardin de Saint-Pierre. Die Insel ist Mauritius]

»Er wurde durch einen Sturz getötet und ist dort begraben.«

»Er hatte mir den Dolch in seinem Testament vermacht, aber seit seinem Tod hat kein Mensch diesen Dolch je gesehen. Vielleicht wurde er gestohlen, oder er ist dorthin zurückgegangen, wo er herkam, in den Steinsarg von Robert von Montrose im alten Domkapitel der Kathedrale von St. Andrews. Wahrscheinlich war seine Wirkung zu Ende gegangen, und er wurde nicht mehr gebraucht.«

»Bob hatte mir eines Tages von einer sonderbaren Begebenheit mit diesem Dolch erzählt.«

»Einmal im Jahr um die Weihnachtszeit herum, sonderte der Dolch, der an der Wand seines Schlafzimmers hing, eine dicke rötliche Flüssigkeit ab, die wie Blut aussah und die Klinge in großen Tropfen bedeckte. So blieb es dann mehrere Stunden lang – und manchmal leuchtete er nachts mit einem eigenen hellen Licht.«

»Das ist in der Tat sonderbar«, sagte ich und zündete mir noch einen weiteren Stumpen an, »aber erzählen Sie mir mehr von den Schreckgespenstern in St. Andrews. Astralkörper, doppelte Persönlichkeit und solche Dinge deprimieren mich ein wenig.«

»Nun, das ist seltsam«, sagte der alte Chester, »ich liebe sie, aber egal:

»Als ich in St. Andrews war, mietete ich ein schönes altes Haus mit riesigen dicken Wänden, großen Kaminen, lustigen Korkenziehertreppen, Plätze zum Trinken und gemütliche Ecken und großen überwölbten Küchen.«

»Jetzt ist alles abgerissen, glaube ich, und es wurde ein neues Haus gebaut; aber ich höre, dass die überwölbten Räume unten genau so gelassen wurden, wie sie einstmals waren.«

»Die Leute wollten das Haus aber nicht haben; man hörte Geräusche und Klopfen und sahen seltsame Dinge in der Nacht und so weiter. Damals hatten wir dort alle solcherlei Dinge erlebt.«

»Auf dem Hexenberg, oberhalb des Hexensees, begegnete mein Bruder dem Geist einer schrecklich aussehenden alten Hexe, ganz in ihrer strengen Kluft gekleidet. Das hat ihn damals furchtbar aufgeregt; ihm wurde ganz übel, die Nerven lagen blank, und er wollte danach nicht mehr allein in einem Zimmer schlafen. Er machte mich teuflisch wütend, Sir, das kann ich Ihnen sagen.«

»Vielleicht war es Alison Craik, eine bekannte Hexe, die dort verbrannt wurde.«

»Wahrscheinlich, Sir, könnte es die 'alte Katze' gewesen sein, die Sie erwähnen – eine alte Hexe.«

»Dann, in einer windigen Mondscheinnacht, sahen mein Neffe und ich die Gespensterkutsche auf dem Abbey Walk. Sie fuhr sehr schnell an uns vorbei, machte aber einen Höllenlärm wie eine Rettungskutsche.«

»Wie sah sie aus?«, fragte ich.

»Wie ein riesiger schwarzer Kasten mit Fenstern darin und einem komischen Licht im Inneren. Sie erinnerte mich an einen großen Sarg.«

»Das ist ein hässlich aussehendes Ding, wirklich eine sehr unheimliche Sache, wenn man so etwas zu dieser Nachtzeit und an so einem einsamen Ort antrifft. Sie war aber bald wieder verschwunden, aber wir hörten noch lange Zeit ihr rumpelndes Geräusch.«

»Wie sahen die Pferde aus?«, wollte ich wissen.

»Schattenhaft erscheinende schwarze Dinger wie große schwarze Käfer mit langen dünnen Beinen.«

»Und wie sah der Fahrer aus?«, fragte ich.

»Er war auch ein großes, dünnes, schwarzes Etwas wie ein großer, schwarzer, schlaksiger Hummer mit einem spitzen Hut obendrauf. Das ist alles, was ich sehen konnte.«

»Nein, da war noch etwas: Auf der Oberseite des Wagens war ein Ding, das wie eine gigantische Tarantel-Spinne aussah, mit einem Kopf wie ein beweglicher Wasserspeier.«

»Ich kann die wahre Geschichte dieser mysteriösen alten Kutsche noch nicht ergründen, glaube aber nicht, dass sie irgendetwas mit den ermordeten Prälaten Beaton oder Sharpe zu tun hat. Wie auch immer, die Kutsche fährt herum.«

»Ein anderes Gespenst, das ich in der Burg von St. Andrews sah, war das von James Hepburn, Earl of Bothwell*, dem dritten Ehemann von Maria Stuart, der Königin der Schotten. Er liegt in der Krypta der Faarveile Kirche begraben, in der Nähe des Categuts.«

»Vor seinem Tod war er ein Gefangener in Malmö; dann wurde er nach Dänemark geschickt und starb im Kerker des Staatsgefängnisses in Drachsholm.«

[* der Earl of Bothwell, auch Lord Boswell, war der dritte und letzte Ehemann von Maria Stuart. Man beschuldigt ihn des Mordes an Lord Darnley, ihrem zweiten Ehemann, wurde aber freigesprochen. Er floh vor der drohenden Revolution nach Skandinavien]

»Daran bin ich furchtbar interessiert«, sagte ich, »an jenen Zeiten und an Bothwell und Maria Stuart im Besonderen.«

»Ich bin eine sehr seltsame Person, Sir«, sagte Chester, »so ist es nun mal. Deshalb ging ich nach Faarveile um Bothwells gut erhaltenen Leichnam zu sehen.«

»Der Küster führte mich durch eine Falltür in der Nähe des Altars, und da lag er in einem Sarg ohne Deckel, ein sehr schönes Gesicht mit einem zynischen und spöttischen Mund. Er hat Darnley wahrscheinlich ermordet und wurde in jenen Tagen wie ein Mörder behandelt und begraben.«

»In Malmö sagt man, dass er von den Geistern seiner verrückt gewordenen ersten Frau, Jane Huntly*, und von Darnley gequält wurde. Er beendete seine Tage im Elend, und das geschieht ihm ganz recht, sage ich.«

[* eigentlich Lady Jean Gordon, Tochter des Earl of Huntly. Sie hatte sich von Boswell wegen seines Seitensprungs scheiden lassen]

»Ich liebe und verehre die schöne Maria Stuart. Verdammt, Sir, er ließ sie im Stich, als sie in Carberry Hill* in der Klemme saß, der miese Bursche.«

[* dort musste sich Maria Stuart ihren Feinden ergeben]

»Aber was ist mit der Erscheinung des Earl, die Sie gesehen haben?«

»Ich bin ihm zweimal im Schloss begegnet – man kann ihn nicht verwechseln – ein großer, ritterlicher, gut aussehender Bursche. Geister können zuweilen leicht ihre irdische Gestalt und Kleidung annehmen. Ich erkannte ihn sofort – die spöttischen Lippen und alles, genau wie auf seinen Bildern.

»Als er an mir vorbeiging, klapperten seine Zähne wie ein Würfelspiel, und der Wind pfiff durch seine Halsknochen. Ich sprach ihn kühn mit Namen an, aber er löste sich auf.«

»Man sieht diese Erscheinungen mit den eigenen geistigen Augen. Ich sah ihn nochmals gegen die Tür gelehnt, die zu jenem Kerker im Sea Tower des Schlosses führt. Er ähnelte genau der Leiche, die ich in der alten Krypta von Faarveile sah. Er taucht dort oft auf und auch auf Schloss Hermitage. Kein Irrtum, Sir. Das war Hepburn, der Earl of Bothwell.«

»Von den Geistern, die ich in meinem Haus in St. Andrews gesehen habe und von dem Prior oder Mönch von Pittenweem, werde Ihnen ein andermal erzählen. Ich muss jetzt ins Bett gehen, denn ich will morgen früh zum Gottesdienst in der Kathedrale hier.«

Dann schritt die große Gestalt von Captain Chester davon und ließ mich mit meinen Überlegungen allein.

Nun! Ich nehme an, wenn ich Captain Chester gewesen wäre und man mich hier im Garten alleingelassen hätte, wären mir wohl vor meinen geistigen Augen auch ein oder zwei Geister erschienen, aber stattdessen sah ich einen dicken Kellner auf mich zukommen, der mir sagte, dass mein Abendessen auf mich warte.

Der schreiende Schädel von Grayfriars

Ich habe niemals einen besseren Burschen auf der Welt getroffen als meinen alten Freund Allan Beauchamp.

Er wurde in Eton und Magdalen [College] in Oxford erzogen, danach trat er in ein Elite-Regiment ein und nahm sich später vor, Arzt zu werden.

Er reiste viel und war ein großartiger Sportler. Es gab kein Spiel, in dem er nicht brillierte.

Seltsamerweise hasste er Musik; er hatte kein Ohr dafür, und er kannte nicht den Unterschied zwischen 'Tommy, mach Platz für deinen Onkel' [populärer Schlager der Zeit aus den USA] und 'Der verlorene Akkord' [anspruchsvolleres Werk des englischen Komponisten Arthur Sullivan].

Er war ungeheuer stolz auf seine Abstammung. Er kam aus der Linie der Beauchamps und einer seiner Vorfahren – so informierte er allen Ernstes die Leute – hatte Noah geholfen, die Wespen und Elefanten in die Arche zu bringen.

Ein anderer von ihnen soll nicht sehr weit entfernt vom Garten Eden gewesen sein. In der Tat schienen sie ein fester Teil der Frühgeschichte gewesen zu sein.

Ziemlich versessen war er auf Geister, Gedankenübertragung, Telepathie, Spiritismus,

Vorahnungen und dergleichen. In dieser Hinsicht war zuweilen er höchst unheimlich und furchterregend.

Die Literatur, die er über diese Themen besaß, konnte einem das Blut gerinnen lassen.

Er glaubte an Persönlichkeitsspaltung, Visionen, Horoskope und Träume.

Einmal zeigte er mir ein Pamphlet, das er geschrieben hatte, mit dem Titel 'Der krötengesichtige Dämon von Lone Devil's Dyke'.

Ansonsten trieb er sich ständig in Großbritannien herum, um Spukhäuser und Schlösser zu erkunden und in Spukzimmern zu schlafen, wenn immer es möglich war.

Vor einigen Jahren fuhren Beauchamp und ich in Begleitung seines treuen Kammerdieners, der sich über den Namen Pellingham Truffles freuen durfte, in die Highlands, um ein wenig Ruhe und Erholung zu finden, und dort hörte ich seine seltsame Geschichte über den Schädel.

Wir saßen nach dem Abendessen an einem gemütlichen Feuer. Draußen schneite es heftig und es war bitterkalt. Unsere Pfeifen brannten und der Grog stand auf dem Tisch, als Allan Beauchamp plötzlich bemerkte: »Es ist eine verdammt merkwürdige Sache für einen Mann, immer von einem verflixten, grinsenden Schädel durch den ganzen Ort verfolgt zu werden.«

»Eh, was«, sagte ich, »wer zum Teufel wird von einem Schädel verfolgt? Das ist doch Unsinn und völlig unmöglich.«

»Keineswegs«, sagte mein Freund, »ich werde schon seit einigen Jahren von einem Schädel verfolgt.«

»Das klingt wie eine Bemerkung, die ein Verrückter machen würde«, entgegnete ich etwas verärgert. »Rede keinen Blödsinn. Du wirst noch durchdrehen, wenn du an so einen Unsinn glaubst.«

»Es ist kein Blödsinn und kein Quatsch«, sagte Allan, »es ist die reine Wahrheit. Frag Truffles, Jack Weston, Jimmy Darkgood oder einen meiner Freunde aus dem Süden.«

»Ich kenne weder Jack Weston noch Jimmy Darkgood«, sagte ich, »aber erzähl mir die ganze Geschichte und eines Tages, wenn sie gut ist, werde ich sie im St. Andrews Citizen veröffentlichen.«

»Es geht hauptsächlich um St. Andrews«, sagte Beauchamp. »Also hier kommt sie, aber lege erst noch etwas Kohle nach.«

Das tat ich und forderte ihn dann auf, loszulegen.

Es war vor langer, langer Zeit, ich glaube um das Jahr 1513 herum, dass einer meiner

Vorfahren, ein Mann namens Neville de Beauchamp, in Schottland wohnte.«

»Es scheint, dass er ein ungewöhnlich wilder Hund war, der sich für Rennen und Kartenspiele begeisterte, und er konnte sich selbst in jenen trinkfesten Tagen beim Wein- und Biertrinken mit allen messen.«

»Er war als 'Flash Neville' [der Blitz Neville] bekannt. Später heiratete er ein hübsches Mädchen, die Tochter eines Seidenhändlers in Perth, die wohl zwei Jahre später starb (an gebrochenem Herzen, wie man sagte).«

»Neville de Beauchamp wurde von schrecklichen Gewissensbissen geplagt und wurde kurz darauf Mönch im Greyfriars-Kloster in St. Andrews.«

»Nach dem Tod von Nevilles Frau scheinen ihre Verwandten auf der Jagd nach ihm gewesen zu sein, brennend vor Rachegelüsten.«

»Der Bruder des Mädchens schaffte es schließlich, seine Beute im Kloster von St. Andrews aufzuspüren. Der Bursche war noch rauer und wilder als alle anderen in jenen stürmischen Tagen.«

»Sehr interessant«, sagte ich, »dieses Kloster stand fast an der Stelle der heutigen Grundschule, und den Brunnen haben wir 1880 gefunden. Nun, was hat dieser Bruder getan?«

»Man sagt, dass er eines Nachmittags nach der Vesper in die Klosterkapelle eingedrungen ist, Neville de Beauchamp aufsuchte und ihm im Seitenschiff der Kirche mit einem Schwert den Kopf abschlug.«

»Dann geschah etwas Seltsames – sein Körper fiel auf den Boden, der abgetrennte Kopf aber flog mit einem wilden Schrei zur Decke der Kapelle hinauf und verschwand durch das Dach.«

»Sehr merkwürdig«, sagte ich.

»Der Körper wurde pietätvoll begraben«, fuhr Allan fort, »aber den Kopf konnte man nie zurückbekommen. Er wirbelte durch die Luft über dem Kloster, schrie und stöhnte erbärmlich und versetzte die Mönche und andere in der Nacht in große Angst.«

»Es war eine bekannte Geschichte und nur wenige wagten sich nach Einbruch der Dunkelheit in diese Gegend.«

»Der Kopf wurde bald zu einem bleichen Schädel, und seit dieser Zeit hat er immer irgendein Mitglied des Hauses Beauchamp heimgesucht.«

»Jetzt kommt etwas recht Seltsames: Ich ging vor ein paar Jahren nach St. Andrews und wohnte zur Abwechslung in einem angemieteten Zimmer. In diesen Tagen hörte ich dann vom Tod meines Onkels irgendwo im Ausland.«

»Ich hatte ihn nie gesehen, aber ich hatte oft gehört, dass er durch die 'liebevollen' Aufmerksamkeiten, die ihm der Schädel von Neville de Beauchamp schenkte und der immer zu seltsamen Zeiten und an unerwarteten Orten auftauchte, sehr verwirrt und beunruhigt war.«

»Das ist eine großartige Geschichte«, sagte ich.

»Jetzt komme ich zur eigentlichen Sache«, sagte Allan mit einer eher kläglichen Stimme.

»Dieser Onkel war der letzte unserer Familie, und ich habe mich gefragt, ob dieser Schädel nun zu mir kommen würde.«

»Ich fühlte mich deshalb sehr krank und nervös, nachdem ich die Nachricht vom Tod meines Onkels erhalten hatte. Ein seltsames Gefühl der Depression und Bedrückung überkam mich, und ich wurde sehr unruhig.«

»Eines stürmischen Abends fühlte ich mich durch einen seltsamen Einfluss dazu getrieben, hinauszugehen.«

»Ich irrte mehrere Stunden umher und wurde dabei vollkommen durchnässt. Ich fühlte mich, als würde ich im Schlaf herumlaufen oder als hätte ich irgendeine Droge eingenommen.«

»Dann hatte ich eine Art Vision – ich war gerade um die Ecke der North Bell Street gegangen – «

»Das heißt heute Greyfriars Garden«, sagte ich.

»Das stimmt«, sagte er.

»Nun, als ich um die Ecke kam, sah ich ein großes, seltsames Gebäude vor mir. Ich öffnete eine Pforte und ging hinein. Der Raum stellte sich als die dortige Kapelle heraus. Der Gottesdienst war zu Ende, die Lichter wurden gelöscht, und die Luft war von Weihrauch erfüllt.«

»In einer Ecke der Kapelle kniete ich mich nieder und sah, wie sich die ganze Szene, die Tragödie, von der ich gehört hatte, noch einmal vor meinen Augen abspielte.«

»Ich sah den Mönch im Gang, ich sah, wie ein Mann hereinstürmte und ihm den Kopf abschlug, ich sah den Körper fallen und den Kopf mit einem Schrei zum Dach hochfliegen.«

»Als ich zu mir kam, fand ich mich wieder, wie ich auf der niedrigen Mauer der Schule saß. Ich fühlte mich sehr kalt und nass, und ich stand auf, um nach Hause zu gehen.«

»Wieder aufrecht stehend, sah ich auf dem Bürgersteig etwas zu meinen Füßen liegen, das wie ein kleiner Fußball aussah, und ich gab ihm einen heftigen Tritt. Als er sich herumdrehte, erkannte ich zu meinem Entsetzen, dass es ein Schädel war. Er knirschte mit den Zähnen und stöhnte. Dann flog er mit einem Schrei in die Luft und war verschwunden. Ein grauenhaftes Ding!«

»Dann widerfuhr mir das Schlimmste: Der Schädel des Mönchs Neville de Beauchamp hatte sich für immer an mich geheftet, denn ich war der Letzte des Geschlechts. Seitdem ist er fast immer bei mir.«

Ich schauderte und fragte »wo ist es jetzt?«

»Bestimmt nicht sehr weit weg«, sagte er, »darauf kannst du wetten.«

»Das ist eine sehr unangenehme Geschichte«, sagte ich dann. »Gute Nacht, ich gehe jetzt ins Bett.«

Etwa eine Stunde danach war ich gerade dabei einzuschlafen, als es an meiner Tür klopfte und der Kammerdiener hereinkam.

»Entschuldigen Sie die Störung, Sir«, sagte er, »aber der Schädel ist gerade zurückgekommen. Er ist im Nebenzimmer. Möchten Sie ihn sehen?«

»Gewiss nicht«, brüllte ich. »Gehen Sie weg und lassen Sie mich schlafen.«

Danach hatte ich mich fest dazu entschlossen, am nächsten Tag fortzugehen.

Ich hasste Schädel, und ich befürchtete, dass er vielleicht Gefallen an mir finden könnte, und ich hatte keine Lust, von einem Schädel durch die Gegend verfolgt zu werden, wie von einem Foxterrier.

Am nächsten Morgen ging ich zum Frühstück. »Wo ist dieser bestialische Schädel?«, sagte ich zu Allan.

»Oh, er ist wieder irgendwo unterwegs. Weiß der Himmel, wo. Aber ich hatte eine andere Vision, eine Wachvision.«

»Was war es?«

»Nun«, sagte Allan, »ich sah den Schädel und eine weiße Hand daneben, die mir zuzuwinken schienen. Dann wichen sie langsam zurück, und an ihrer Stelle war etwas, das wie ein großes Blatt Papier aussah. Darauf standen in großen Buchstaben die Worte – 'Ihr Freund Jack Weston ist tot'.«

»Heute Morgen erhielt ich dieses Telegramm, das mich über seinen plötzlichen Tod informierte. Du kannst es dir ansehen.«

Am Nachmittag verließ ich flugs die Highlands und Allan Beauchamp.

Seitdem bekomme ich ständig Briefe von ihm aus seiner Heimat in England. Er hat alles Mögliche versucht, um den Schädel des Mönchs loszuwerden, aber es hat nichts genützt, er kommt immer wieder zurück. Er hat daraufhin das Beste daraus gemacht und bewahrt ihn in einer verschlossenen Schatulle in einem leeren Raum am Ende eines Flügels des alten Hauses auf.«

»Er sagt, dass er sich dort ziemlich ruhig verhält, aber in stürmischen Nächten sind Jammern und grausige Schreie aus der Schatulle in diesem geschlossenen Raum zu hören.«

Letzte Woche habe ich wieder von ihm gehört. Er schrieb –

»Lieber W. T. L., ich glaube nicht, dass ich erwähnt habe, dass der Schädel von Neville de Beauchamp zweimal im Jahr für einen Zeitraum von etwa zwei Tagen aus seinem Sarg verschwindet. Er ist aber nie länger weg.«

»Ich frage mich, ob er in dieser Zeit in seinem alten Kloster in St. Andrews spukt, wo sein 'Besitzer' erschlagen wurde.«

»Schreiben Sie und sagen Sie mir, ob jemand in dieser Gegend den schreienden Schädel meines Vorfahren Neville de Beauchamp gehört oder gesehen hat.«

Das Schlossgespenst

Es waren einige Jahre vergangen, seit ich den Butler von Lausdree Castle im Highland Inn getroffen hatte. Ich war gerade aus Südengland gekommen, um Golf zu spielen und frische Luft zu schnappen, und sah eines Morgens beim Frühstück meine Briefe durch, als ich das folgende Schreiben öffnete:

'Schloss Lausdree,

......

Sir, stets zu ihren Diensten.

Sir, ich habe unser angenehmes Gespräch in jener verschneiten Nacht oben im hohen Norden nicht vergessen, als Sie sich für meine Erfahrungen in Schloss Lausdree zu interessieren wussten. Könnten Sie mich freundlicherweise an einem Tag und zu einer Zeit Ihrer Wahl in Leuchars treffen? Mit freundlichen Grüßen

Ihr gehorsamer Diener,

Jeremiah Anklebone.'

'P.S. Ich habe Ihnen etwas mitzuteilen, das etwas mit St. Andrews zu tun hat und Sie vielleicht beeindruckt.'

Dementsprechend traf ich meine Vorkehrungen und besuchte Mr. Anklebone in Leuchars, wo wir zum nächstgelegenen Wirtshaus gingen und das beste Mittagessen bestellten, das sie dort hatten.

Jeremiah sah dünner, älter und bleicher aus als beim letzten Mal, wo ich ihn getroffen hatte, was zweifellos auf seine häufigen Gespräche mit den Geistern zurückzuführen war.

»Wie gehts in Lausdree voran und was ist mit den Geistern?«, erkundigte ich mich ganz bescheiden.

»Es geht gut voran, Sir. Ich habe eine Reihe neuer Erfahrungen gemacht, seit ich das Vergnügen hatte, Sie das letzte Mal zu sehen.«

»Sie müssen verstehen, Sir, dass meine Familie seit Generationen mit okkulten Kräften gesegnet ist. Mein Vater war ein großer Seher, und mein Urgroßvater, Mr. Concrikketty Anklebone von der Isle of Skye, war ein wunderbarer Visionär.«

Nun, Anklebone war ein interessanter alter Mann, aber er hatte die lästige Angewohnheit, von seinem Thema abzuweichen und sozusagen von der Hauptstraße in ein Labyrinth von Nebenstraßen zu geraten, und man musste ihn – metaphorisch gesprochen – aus diesen Seitengassen schieben und ihn wieder auf die Hauptstraße stellen.

»Bevor ich zum St. Andrews Castle komme«, sagte er, »muss ich Ihnen von einer merkwürdigen Episode eines Astralkörpers in Lausdree erzählen, einer entwirrten Persönlichkeit sozusagen.«

»Drücken sie auf die Tube«, sagte ich, »und erzählen Sie mir davon.«

»Nun, eines Nachmittags nach dem Mittagessen, waren mein Herr und ich im Speisesaal, als wir einen Gentleman sahen, der über den Rasen in Richtung des Schlosses ging. Es war ein großer Mann in einem Reitanzug, mit lockigem Haar und einem großen, wallenden Schnurrbart.«

»Er kam zum Fenster und schaute uns ernst an. Dann ging er den Kiesweg entlang zum Tor des Schlosses.

»'Hallo!'«, sagte mein Herr, »'das ist mein alter Freund Jack Herbert, dem ich Lausdree für diesen Sommer vermietet habe. Was in aller Welt kann ihn hierherführen? Ich werde selbst zur Tür gehen und ihn hereinlassen. Er hat mir nie gesagt, dass er kommen würde.'«

»Nach ein oder zwei Minuten kam mein Herr zurück und sah verwirrt aus. 'Anklebone', sagte er, 'das ist eine sehr seltsame Sache, aber da war niemand!'«

»'Vielleicht', sagte ich, 'ist der Herr zu den Ställen gegangen.'«

»Wir eilten beide los, um nachzusehen, aber es gab keinerlei Anzeichen von irgendjemandem, und wir starrten uns gegenseitig ausdruckslos an. Wir konnten ihn nicht finden.«

»Zwei Tage später erhielt der Hausherr einen Brief von Mr Jack Herbert, in dem er ihm mitteilte, dass er einen schweren Sturz vom Pferd hatte, sich die Wirbelsäule verletzt hatte und ans Bett gefesselt war.«

»Mr Herbert erzählte weiter, dass er zwei Tage zuvor, während er schlief, lebhaft träumte, dass er in Lausdree war, dort über den Rasen zum Fenster des Speisesaals ging und, als er hineinschaute, meinen Herrn und den Butler (das bin ich) im Zimmer sah. Mein Herr sei gerade zur Haustür gegangen, als er erwachte.«

»Das war also sein Astralkörper, den mein Herr und ich gesehen hatten. Mr Herbert liebte Lausdree, und während er schlief, kam er und stattete uns diesen Besuch ab. Seltsam, nicht wahr?«

»Zehn Tage danach ist er gestorben. Er wollte noch einmal das alte Schloss sehen, bevor er starb, und seine Willenskraft brachte sein Doppel-Ich oder Astralkörper dazu, uns zu besuchen.

Das ist nicht so ungewöhnlich, wie die Leute denken. Viele Menschen werden an zwei Orten gleichzeitig gesehen, die weit voneinander entfernt sind.«

»Denken Sie dabei nur einmal an Erzbischof Sharpe von St. Andrews. Einmal war er in Edinburgh, im Stadtteil Holyrood, glaube ich, und er schickte seinen Diener in aller Eile zurück nach St. Andrews, um einige Papiere zu holen, die er dort vergessen hatte.«

»Als sein treuer Diener in sein Arbeitszimmer im Novum Hospitium hingekommen war, um die Papiere vom Schreibtisch zu nehmen – siehe da, da saß der Erzbischof in seinem gewohnten Stuhl und sah ihn finster an.«

»Er erzählte dies dem Erzbischof, als er mit den Papieren nach Edinburgh zurückkehrte, aber seine Gnaden bat ihn, mit strenger Stimme, zu schweigen und die Angelegenheit niemandem gegenüber zu erwähnen, sonst drohe ihm der Tod.«

»Nun, Sir, es scheint, dass mein Herr in der Lage ist, Astralkörper zu sehen, denn er hat Mr Jack Herbert gesehen, aber ich bezweifle, dass er einen echten Geist sehen konnte. Vielleicht, Sir«, meinte Anklebone höflich, »könnten Sie in der Lage sein Astralkörper zu sehen?«

»Danke nein«, antwortete ich, »und ich wäre verrückt, wenn ich den Wunsch hätte, etwas dergleichen sehen zu wollen. Ich habe aber eine Geschichte von einem bedeutenden Mann in London gehört, der jeden Nachmittag ein Nickerchen in seinem Sessel machte, und während er schlief, erschien er seinen Freunden in verschiedenen Teilen des Landes, aber ich bezweifle die Sache sehr stark.«

»Ach!«, sagte der Butler sehr feierlich, »nur etwa einer von Tausend hat die Kraft, echte Geister zu sehen. Viele gewöhnliche Menschen sind weitsichtig und manche leiden an Kurzsichtigkeit, aber die meisten Menschen sind kurzsichtig, wenn Geister sich zeigen.«

»Die Geister sind wirklich die ganze Zeit über da«, sagte er dann. »Manche Menschen können sie nicht sehen, sondern nur ihre Anwesenheit oder Berührung spüren. Die meisten Tiere können Geister sehen; manchmal werden sie vor Schreck getötet, wenn sie die Geister erblicken.«

Daraufhin fühlte ich den Drang in mir, den Wirt zu rufen, um ein paar 'geistige' Getränke für mich und meinen Begleiter zu bestellen. »Ich glaube nicht, dass Sie das vor Schreck umbringen wird«, sagte ich zu Anklebone als sie gebracht wurden.

Er sah recht dankbar aus und bemerkte, dass Reden eine trockene Arbeit sei, so interessant das Thema auch sein mag.

»Also, hören Sie, Mr Anklebone«, sagte ich, »Sie kennen sicher die Geschichten über die Kathedrale, den Spuk-Turm und all das. Bitte erzählen Sie mir, welche Erfahrungen Sie dort gemacht haben.«

Plötzlich veränderte sich Anklebones ganzes Erscheinungsbild. Er ergriff heftig meinen Arm, zitterte und schauderte und wurde grässlich bleich. Ich dachte, er hätte einen Anfall.

»Um Himmels willen, Sir«, sagte er mit bebender Stimme, »fragen Sie mich nichts darüber. Es gibt dort etwas zu Schreckliches. Ich wage es nicht, das, was ich weiß und gesehen habe, jemandem zu offenbaren. Erwähnen Sie es nicht wieder, sonst werde ich wahnsinnig.«

Er lehnte sich einige Augenblicke lang mit geschlossenen Augen in seinem Stuhl zurück und zitterte am ganzen Körper, aber allmählich erlangte er sein gewohntes Aussehen wieder.

»Ich möchte Ihnen von dem Schlossgespenst erzählen«, sagte er schwach.

Ich muss gestehen, dass ich über die Wendung, die das Gespräch genommen hatte, verblüfft und enttäuscht war, denn was auch immer meine private Meinung zu den merkwürdigen Aussagen des guten Jeremias Anklebone war, so war ich doch bestrebt, vor allem etwas über seine Erfahrungen in der Kathedrale zu erfahren. Ich schluckte jedoch meine Enttäuschung hinunter und bat ihn, fortzufahren.

Er dagegen spülte seinen Schnaps hinunter, teilte mir mit, dass er sich wieder besser fühle, aber dennoch schien für einige Zeit nicht ganz er selbst zu sein.

»Nun, Sir«, sagte er, »ich bin oft nach Einbruch der Dunkelheit über die Schlossmauer geklettert, habe meine Pfeife geraucht und an die großartigen Leute gedacht, die in den vergangenen Zeiten vor der Zerstörung dort gewesen sein müssen.«

»Ich dachte an die schöne junge Königin Mary [Maria Stuart], an Mary Hamilton und ihre anderen 'Maries'*.

[* Diese 'Marys' (englisch 'Maries'), vier an der Zahl, waren die Ehrendamen von Maria Stuart, die alle den gleichen Vornahmen 'Mary' hatten. Mary Hamilton' oder 'Die vier Marys' ist eine Ballade aus dem 16. Jahrhundert. Darin wir Mary Hamilton vom schottischen König schwanger und tötet ihn. Sie wird verurteilt und als sie auf ihre Hinrichtung wartet, sagte sie:

Last night there were four Maries;
Tonight there'll be but three:
There was Mary Beaton and Mary Seton
And Mary Carmichael and me.

Letzte Nacht waren wir vier Marys
heute Nacht werden es nur noch drei sein,
es gab Mary Beaton und Mary Seton
und Mary Carmichael und mich]

»Ich dachte auch an Lord Darnley, an den Dichter Castelar, an Lord Arran und den Duke of Rothesay und an all die Stuart-Könige, die einst dort waren.«

»Dann erinnerte ich mich an Prior Hepburn und den armen, ermordeten Kardinal Beaton, und an Mönche, Ritter und schöne Frauen, die den alten Ort frequentierten.«

»Ich liebte es, denn ich habe viel über Geschichte gelesen. Man konnte nicht anders, als an die Feste, Gelage und Umzüge jener interessanten alten Zeiten zu denken, und an die großen Gottesdienste in den Kirchen, und was für schöne Kleider alle trugen.«

Als ich sah, dass er wieder vom Thema abschweifte, und als er anfing, mir zu erzählen, dass es in der normannischen Zeit viele Anklebones in Fifeshire gab, musste ich ihn mit einem Ruck zu seinem Geist im Schloss zurückziehen.«

»Nun gut, mein Herr«, fuhr er fort.

»Ich war eines Abends im Schloss und saß auf der Brüstung der alten Mauer, als ich einen Kopf auf den alten zerbrochenen Stufen an der Ostseite des Schlosses auftauchen sah, die einst zum großen Speisesaal hinunterführten.«

»Ich wusste, dass niemand ohne Leiter vom Meeresufer heraufkommen konnte, und als die Gestalt den Boden erreichte, kam sie direkt durch das Eisengeländer, als ob kein Hindernis da wäre.«

»Ich starrte angestrengt hin und beobachtete die sich nähernde Gestalt. Sie sah eigentlich aus wie eine Frau. Ich hatte von dem Geist des Kardinals gehört und fragte mich, ob es seine Eminenz selbst gewesen sein könnte.«

»Sie kam näher und näher, und obwohl es ein böiger Abend war, bemerkte ich, dass die fließenden Gewänder der sich nähernden Gestalt glatt herunterhingen und nicht vom Wind zerzaust waren. Sie erschien mir wie eine sich bewegende Statue.«

»Als sie langsam ein paar Meter Abstand an mir vorbeischwebte, sah ich, dass es nicht die Roben eines Kardinals, sondern die eines Erzbischofs waren. Ich bin ein Kirchgänger und kenne all die Kleider recht gut.«

»Ich konnte seine Gewänder deutlich sehen, und ich werde nie das blasse, aschfahle Gesicht vergessen und den dünnen, entschlossenen Mund.«

»Dann bemerkte ich etwas sehr Seltsames – die statuenhafte, hochgewachsene Gestalt hatte ein dickes Seil um den Hals, und das Ende des Seils schleifte dahinter durch das Gras, aber es gab kein einziges Geräusch.«

»Sie ging weiter und begann, die Treppe zu den oberen Wohnungen hinaufzusteigen.«

»Ich versuchte zu folgen, konnte mich aber nicht mehr bewegen. Ich hatte das Gefühl, wie hypnotisiert oder gelähmt zu sein.«

»Der kalte Schweiß kaum überall aus meinen Poren, und ich war froh, als ich endlich wieder zu mir und vom Schloss wegkam und nach Hause eilen konnte. So schnell war ich seit vielen Jahren nicht mehr gelaufen.«

»Als ich am nächsten Tag nach Lausdree fuhr, schenkte ich meinem Herrn reinen Wein ein und erzählte ihm davon.«

»'Würden Sie ihn wieder erkennen?', fragte er mich.«

»'Ja', antwortete ich, 'ich würde dieses Gesicht und diese Gestalt unter Tausenden erkennen.'«

»'Kommen Sie mit ins Arbeitszimmer', sagte mein Herr, 'und ich zeige Ihnen einige Bilder.'«

»Wir gingen hin, und ich sah mir einige davon an, bis wir schließlich zu einem kamen, das mich förmlich verblüffte. Das Gesicht war nicht zu verwechseln. Vor mir war das Bild des Gespenstes, das ich in der Nacht zuvor in der Burgruine von St. Andrews gesehen hatte.«

»'Nun, Anklebone'«, sagte mein Herr, 'das ist wirklich wunderbar, und Sie haben tatsächlich den Strick um den Hals gesehen?'«

»'Das habe ich', sagte ich, 'ich lebe ja noch, aber wer ist er? Ist es nicht der Kardinal?'«

»'Nein', sagte mein Herr sehr ernst, 'dieser Mann wurde am 1. April 1571 von seinen Feinden öffentlich am Galgen am Marktkreuz von Stirling gehängt.'«

»'Aber wer, war er?', fragte ich inständig.«

»'Der Mann oder der Geist, den Sie gesehen haben', sagte mein Herr, 'war Erzbischof John Hamilton von St. Andrews – in seinem eigenen Schlossgelände, wo er einst unangefochten herrschte.'«

Ich verabschiedete mich von Mr Anklebone, und als ich auf der Heimfahrt im Zug über seine außergewöhnliche Geschichte nachdachte, konnte ich nicht umhin, mir immer wieder diesen sehr merkwürdigen Namen seines Urgroßvaters Concrikketty Anklebone zu wiederholen, der sich auf die Radgeräusche des Zuges zu reimen schien –

Con-crik-ket-ty ... Con-crik-ket-ty ...

Der verschwundene Dudelsackpfeifer von den West Cliffs

»Psst! Psst! Psst! Hier kommt das Schreckgespenst!«

Dies wurde mir von einem fröhlichen Golfspieler namens 'Johnny' sehr laut zugerufen, als ich vor einigen Jahren den feuchtfröhlichen Raucherraum des alten 'Varsity Golf Club' in Coldham Common, Cambridge, betrat.

»Ziehen Sie ihren Sessel heran«, sagte er zu mir, »zünden Sie sich eine Zigarre oder eine Pfeife an und erzählen Sie uns allen (es waren viele berühmte Schauspieler anwesend) einige dieser wunderbaren Gespenstergeschichten aus dem guten alten St. Andrews.«

»Es ist die Jahreszeit der Gespenster«, sagte er dann, und Sie müssen sich daran erinnern, dass ich vor einigen Jahren in einer ihrer großen Burlesken in St. Andrews und Cupar das Schreckgespenst für Sie auf der Bühne gespielt habe, also schießen Sie mit den Gespenstern los, bitte, und beeilen Sie sich.«

Daraufhin spulte ich eine Menge von meinem Garn ab, von dem Gespenst Thomas Plater, das Prior Robert von Montrose auf der Schlafsaal-Treppe vor der Vesper ermordete, von dem Neger in einem Haus in Fifeshire, der selbst unsichtbar ist, aber seine nackten Fußspuren auf dem Boden des gestrichenen Flurs hinterlässt.

Von Scharpes Kutsche, die, wenn sie gehört wird, einen Tod ankündigt, von dem Spuk in der alten Burgruine Balcomie, von dem ermordeten Hausierer in unserer hiesigen South Street, der mit kalter Hand an den Wangen derjenigen hinunter streicht, die in seinen Spukkeller eindringen.

Dann auch noch von dem Gespenst, das im Haus des Erzbischofs Ross erschien und in Lyons Geschichte erwähnt wird, und von dem schrecklichen Gespenst im Novum Hospitium, das die Leute so erschreckte, dass seine Behausung abgerissen werden musste und nur noch ein Fragment des Gebäudes übrig blieb.

Aber sie alle wollten die Geschichte von diesem geisterhaften Dudelsackpfeifer in den West Cliffs hören, also erzählte ich ihnen die Legende, wie ich sie vor Jahren gehört hatte:

Es scheint, dass in den alten Tagen keine Häuser auf den Klippen existierten zwischen der alten Burg von Hamilton und dem modernen Denkmal in der Nähe der Witch Hill.

Alles war Wiesenland, meist für die Beweidung von Rindern und Schafen verwendet und auch oft von den Kindern vergangener Tage als Spielplatz besucht.

Auf und über der Felswand, etwas westlich von Butts Wynd, befand sich damals der Eingang zu einer furchterregenden Höhle oder einem alten sakralen Durchgang, die für viele ein Schrecken war und von den die meisten Menschen gemieden wurde.

Sie hatte viele Namen, darunter die 'Jingling Cove' [die läutende Bucht], 'The Jingling Man's Hole' [das klimpernde Einstiegsloch], 'John's Coal Hole' [Johns Kohlenloch]und später 'The Piper's Cave, or Grave' [Das Loch oder das Grab des Dudelsackpfeifers].

Ein paar der ältesten Einwohner erinnern sich noch daran. Einige kannten sogar einen Teil davon, aber keiner wagte sich über diesen bestimmten Bereich hinaus.

Wie das Innere eines alten Eishauses war sie dunkel, kühl und klamm. Von den Wänden lief kaltes Kondenswasser herab. Sie ist teilweise natürlich, aber größtenteils künstlich angelegt – ein höchst dunkler, gruseliger und furchterregender Ort.

In einer Beschreibung, die ich vor vielen Jahren erhielt und die im St. Andrews Citizen erschien, erfuhr ich, dass die Öffnung dieser Klippenpassage klein und dreieckig war. Sie befand sich auf einem vorstehenden Felsvorsprung und war nach dem Betreten hoch genug, um es einem ausgewachsenen Mann zu ermöglichen, aufrecht zu stehen. Von der Öffnung aus ging es über eine Strecke von 49 Fuß steil nach unten, danach ging es über 70 Fuß eben weiter, bis der Weg in eine Kammer hinabführte.

Am hinteren Ende dieser Kammer gab es zwei, wenn nicht mehr Gänge, die von ihr abzweigten. Zwischen den Gängen war ein lateinisches Kreuz in den Fels gehauen. Dies scheint auf eine kirchliche Verbindung hinzuweisen und hat nichts mit der moderneren Schmugglerhöhle in der Nähe des Badestrands für die Ladys zu tun.

Aber genug der Beschreibung.

In vergangenen Tagen lebte in einem kleinen Häuschen in Argyle, kaum besser als eine Hütte, eine alte Dame namens Goodman. Sie bewohnte ein Zimmer, und ihr Sohn und seine junge Frau bewohnten die andere kleine Kammer.

Er war ein fröhlicher, tollkühner, lebenslustiger Junge, und er war als einer der besten Dudelsackpfeifer in ganz Fife bekannt; er hätte sogar Maggie Lauder* gefallen.

[* Maggie Lauder ist ein Mädchen in einem traditionellen schottischen Lied aus dem 17. Jahrhundert, das sich in einen Dudelsackpfeifer verliebt]

Nachts, zu jeder Stunde, belebte er die alten, grasbewachsenen Straßen mit seiner Musik.

'Jock the Piper' war beliebt bei Jung und Alt. Er interessierte sich sehr für die Geschichte der alten West Cliff Höhle und schloss mit einigen Kumpanen eine Wette ab, dass er in einer Neujahrsnacht die Geheimnisse des Ortes erforschen und seine Pfeifen erklingen lassen würde, so weit er dort hineinkommen kann.

Seine alte Mutter, seine Frau und viele seiner Freunde bemühten sich sehr, ihn von einer so törichten und tollkühnen Sache abzubringen, aber er blieb stur und hielt fest an seiner Wette fest.

In einer dunklen Neujahrsnacht begann er zur geheimnisvollen Höhle hinaufzusteigen und ging hinein, wobei seine Pfeifen fröhlich spielten; und man hörte sie, so heißt es, als er unter der Marktstraße hindurchging, dann erstarben sie. Sie hörten plötzlich auf und wurden nie wieder gehört, und er und seine bekannten Dudelsackpfeifen wurden nie wieder gesehen.

Irgendwo unterhalb von St. Andrews liegen seitdem die verblichenen Gebeine des einstigen Dudelsackpfeifers, mit seinen berühmten Pfeifen neben ihm. Es wurden Versuche unternommen, ihn zu finden, aber ohne Erfolg; niemand, nicht einmal die Mutigsten wagten sich in diesen Gang voller feuchter, fauliger Luft.

Seine Mutter und seine Frau waren sehr betroffen, und die junge Frau saß stundenlang bei der Öffnung der Höhle, in sich die Todesfalle befand.

Schließlich verlor sie ihren Verstand, und sie wanderte immer wieder vom Eingang hinunter in die Höhle, wo ihr Mann verschwunden war.

In der darauffolgenden Neujahrsnacht verließ sie die kleine Hütte in Argyle, legte sich einen Schal über die schwachen Schultern und wandte sich an die alte Frau, der sie sagte: »Ich gehe zu meinem Jock.«

Der Morgen kam, aber sie kehrte nicht nach Hause zurück. Sie war in der Tat zu ihrem verlorenen 'Jock' gegangen.

Noch jahrelang konnte man in Mondscheinnächten die kleine, kauernde Gestalt einer Frau auf dem Felsvorsprung der verhängnisvollen Höhle sehen, schemenhaft und durchsichtig, und wilde Schreie und Klänge von seltsamer Dudelsackmusik konnte man ständig aus diesem Eingang heraus hören.

In späteren Jahren, als man die Häuser gebaut hatte, wurde der Eingang dieses Ortes entweder zugebaut oder zugedeckt, und uns bleibt nur noch die Erinnerung daran.

Aber was ist mit dem 'Dudelsackpfeifer Jock'?

Er, so sagt man, wandert immer noch am Rande der alten Klippen; und seine Anwesenheit wird durch einen eisigen Hauch von kalter Luft angekündigt.

Es sei schlecht für jeden, der seine Phantomgestalt trifft oder sieht oder seine Pfeifenmusik hört.

Er scheint die gleiche Wirkung zu haben wie der Geist von 'Nell Cook' im dunklen Eingang von Canterbury, der in den 'Ingoldsby Legends' erwähnt wird, aus denen ich ein paar Verse zitieren muss –

Und obwohl zweihundert Jahre verstrichen sind
geht Nell Cook immer noch herum
und wer ihren Weg kreuzt
mag die Tat bereuen.

Ihr tödlicher Atem ist so kalt wie der Tod!
Der Wind des Simoon ist nicht
verheerender (ein Wind in Afrika
der ungewöhnlich heiß bläst).

Doch ganz anders als das Blasen des Simoon,
ist ihr Atem tödlich kalt
und bringt einen bebende, zitternden Schock über
all, ob jung oder alt.

Und wer im dunklen Eingang
diesen tödlichen Atem spürt,
der stirbt noch im selben Jahr
einen schrecklichen, vorzeitigen Tod.

So geht es auch mit jedem, der den 'Dudelsackpfeifer Jock' trifft.

»Meine Güte«, unterbrach ihn der 'golfende Johnny', »hat ihn denn jemand in letzter Zeit gesehen?«

»Ich weiß nur von einem Mann«, sagte ich, »der mir erzählte, dass er in einer schrecklichen Nacht, während eines schweren Gewitters, wilde Pfeifenmusik gehört und die Gestalt eines seltsam gekleideten Dudelsackpfeifers gesehen hat, der mit rasender Geschwindigkeit am Klippenrand entlanglief, wo kein Sterblicher gehen konnte.«

»Was hältst du von dem Ganzen?«, fragte mein Golffreund.

»Ich weiß es nicht. Ich bin sicherlich nicht dafür empfänglich und sehe auch keine Geister, aber wenn ich jetzt nur den Eingang dieses Ortes finden könnte, wette ich, dass ein anderer 'Jock' [Dudelsackpfeifer] mit mir zusammen dort hineingehen und den Aufenthaltsort von 'Jock the Piper' und seiner armen kleinen Frau herausfinden würde.«

»Ach, hier kommt meine Droschke. Gute Nacht, vergesst den Dudelsackpfeifer nicht.«

Und das haben sie auch nicht.

Die wunderschöne Weiße Lady aus dem Spuk-Turm

»Wie außerordentlich, ganz außerordentlich reizend sie doch war!«

»Von wem sprichst du?«, fragte ich. "Von einer der Orchid- oder Veronique Frauen* oder von jemandem aus deiner eigenen Umgebung? Ich wusste nicht, dass du so ein hart gesottener alter Knabe bist.«

[* Frauen mit besonders anziehenden Eigenschaften. Orchid: Künstlerisch veranlagt, lieblich, fröhlich, ehrlich, optimistisch, gute Freunde und Liebhaber. Veronique: Beeindruckende Persönlichkeiten, lässig, unabhängig, sozial eingestellt, sportlich, lustig, heiß, anschmiegsam, freidenkend]

»Ich saß im Raucherzimmer des Great Northern Hotel, King's Cross, und unterhielt mich mit einem alten Freund, einem Mann aus Oxford, der jetzt Manager einer großen Theatertruppe ist, als er plötzlich die obige Bemerkung machte.

»Nein, nein! Von keinem aus dieser Personengruppe«, antwortete er, »aber unser Gespräch über St. Andrews hat mich an ein Gespenst erinnert, ein Phantom oder einen Geist – nenne es, wie du willst – das ich vor einigen Jahren in dieser alten Stadt gesehen habe – kein schreckliches Gespenst, sondern ein wirklich sehr schönes Mädchen.«

»Bei Gott«, sagte ich, »erzähle mir davon; ich brauche dringend eine neue Gespenstergeschichte. Ich kenne viele, aber vielleicht ist dies etwas Neues und Pikantes.«

»Ich weiß nicht, ob es neu ist«, antwortete er. »Ich hatte zuvor noch nie etwas Gespenstisches gesehen, aber diese schöne Frau gleich dreimal. Das muss volle zehn Jahre her sein. Zweimal sah ich sie in den Scores [Park und Uferpromenade in St. Andrews] und einmal in einem alten Haus.«

»Ich muss wirklich alles darüber hören«, sagte ich. »Bitte schieß los.«

»Schon gut, schon gut!«, sagte er.

»Nun zu ihrem ersten Auftreten:«

»Ich lebte zu der Zeit in St. Andrews. Es muss Ende Januar oder Anfang Februar gewesen sein, und ich schlenderte nach dem Abendessen zum Kirkhill und genoss den schönen Abend und die scharfe Meeresbrise und dachte an die alten, alten Tage des Schlosses und der Kathedrale, an Beatons Geist und viele andere seltsame Geschichten, als eine weibliche Gestalt an mir vorbeiging. Sie trug ein langes, fließendes weißes Kleid, und ihr schönes dunkles Haar hing ihr bis zur Taille herunter.«

»Ich war sehr erstaunt, ein derartig gekleidetes Mädchen zu sehen, das zu so später Stunde allein umherwanderte.«

»Ich folgte ihr einige Meter, als sie, kurz nachdem sie das Turmlicht passiert hatte, in der Nähe des viereckigen Turms verschwand, von dem ich später erfuhr, dass er als 'Geisterturm' bekannt war. Ich suchte sorgfältig die ganze Gegend ab, aber ich sah in dieser Nacht nichts mehr.«

»Seltsam, nicht wahr?«

»Gewiss«, bemerkte ich, »aber ich kenne Dutzende von unheimlichen Geschichten, die mit diesem alten Turm verbunden sind. Aber was hast du mir noch darüber zu erzählen?«

»Nun«, fuhr er fort, »wie du dir vorstellen kannst, beunruhigte und verwirrte mich die ganze Angelegenheit beträchtlich, aber sie verschwand allmählich aus meinen Gedanken, bis ich sie in der Nähe desselben Ortes wieder sah.«

»Diesmal hatte ich meine Schwester dabei, und wir können es beide beschwören. Es war eine schöne Nacht mit einem schwachen Mond, und als die weiße Dame ganz leise vorbeischwebte, sahen wir das weiche, wallende Kleid und das lange, schwarze, gewellte Haar.«

»Um ihre Taille herum war so etwas wie ein Rosenkranz geschlungen, und um ihren Hals hing ein Kreuz oder ein Medaillon. Als sie vorbeiging, drehte sie ihren Kopf zu uns, und wir bemerkten beide ihre schönen Gesichtszüge, besonders ihre strahlenden Augen.«

»Sie verschwand, wie zuvor, in der Nähe des alten Turms.«

»Meine Schwester war so furchtbar erschrocken, dass ich sie schnell nach Hause bringen musste. Wir waren beide fest davon überzeugt, ein Wesen gesehen zu haben, das nicht von dieser Welt war – und ein Gesicht, das man nie vergessen wird.«

»Wie seltsam«, sagte ich. »Wusstest du, dass mehrere Leute ein Mädchen in diesem zugemauerten alten Türmchen in ihrem Sarg liegen sahen?«

»Ein ehemaliger Priester der hiesigen Episkopalkirche beobachtete einige Maurer, die dabei waren, die Wand dieses Turms zu reparieren, und ihr Meißel fiel durch einen Spalt in den Turm. Als sie eine Steinplatte entfernten, kamen sie auf eine Kammer im Inneren, und sie sahen ein weiß gekleidetes Mädchen mit langen Haaren in einem Sarg liegen, dessen Deckel fehlte. Das Loch wurde sofort wieder zugemauert.«

»Ich weiß das«, sagte ich zu ihm, »weil ich oft mit Personen gesprochen habe, die sie dort gesehen haben. Einer von ihnen war einer dieser Maurer, der bei der Arbeit beschäftigt war. Die Tür des Turms ist jetzt wieder offen und es wurde ein Gitter eingesetzt, aber von dem Mädchen gibt es keine Spur. Seltsame Geschichten kamen dann auf. Einige sagten, es seien die sterblichen Überreste der Prinzessin Muren, der Tochter von

Konstantin. Andere sagten, es sei der einbalsamierte Körper irgendeines süßen heiligen Mädchens, der in Zeiten der Not dort versteckt wurde, und so weiter.«

»Aber ich habe dich unterbrochen, beende bitte deine ihre Geschichte«, sagte ich.

»Ich habe wenig mehr zu erzählen«, antwortete er. »Einige Monate danach war ich zu Gast in einem alten Haus in Fifeshire und bekam das Turmzimmer. In der zweiten Nacht ging ich früh zu Bett, da ich den ganzen Tag beim Golf gewesen war und mich schrecklich kaputt fühlte. Ich muss plötzlich eingeschlafen sein, denn ich hatte versehentlich meine Kerze auf dem Tisch brennen lassen.«

»Plötzlich wachte ich mit einem Schreck auf und sah die mir nun vertraute Gestalt der Weißen Lady am Fußende meines Bettes stehen. Sie starrte mich aufmerksam an. Als ich mich aufsetzte, glitt sie hinter dem Paravent an der Tür weg.«

»Ich sprang auf, zog meinen Morgenmantel an, ergriff die Kerze und ging zur Tür. Die Dame war weg, und die Tür war so, wie ich sie verlassen hatte, als ich zu Bett ging – verschlossen.«

»Ich schloss auf, öffnete sie und schaute in den Gang. Da stand sie, ich sah ganz deutlich das weiße Kleid, das prächtige Haar, den Rosenkranz und das goldene Medaillon.«

»Sie wandte mir ihr schönes Gesicht zu und zeigte ein süßes, pathetisches Lächeln, hob sanft die Hand und schwebte in Richtung der Bildergalerie davon.«

»Nun zum Ende«, sagte er. Am nächsten Tag führte mich meine freundliche Gastgeberin durch die alte Galerie. Ich sah Bilder jeden Alters, jeder Art und Größe; aber stell dir mein Erstaunen vor, als ich die Weiße Lady sah – dasselbe weiße Kleid, das liebliche süße Gesicht und die herrlichen Augen, den Rosenkranz und ein Medaillon, das, wie ich jetzt sah, die Wappen von Königin Maria und Lord Darnley trug.

»Wer in aller Welt ist das?«, fragte ich.

»'Sie scheinen sich für dieses Gemälde zu interessieren', sagte Frau ___ . Nun, das ist ein Porträt von Mary, einer der schönen Ehrendamen von Maria Stuart. Sie war unsterblich in Castelar, den französischen Minnesänger, verliebt. Nachdem er in St. Andrews enthauptet worden war, wurde sie Nonne und starb angeblich vor Kummer in ihrem Kloster.'«

»Das ist alles alter Junge«, sagte er, »und es ist spät. Ich glaube, es scheint so zu sein; dass das Mädchen, das ich und meine Schwester gesehen haben, der Geist von dieser Mary gewesen sein muss, und vielleicht war sie die Bewohnerin dieses Spuk-Turms – wer weiß? Ich werde aber nie, nie wieder ein so göttlich schönes Gesicht auf dieser Erde sehen.«

Weitere Erscheinungen der Weißen Lady

Vor nicht allzu langer Zeit war ich von einer sehr lieben alten Freundin eingeladen worden und saß mit ihr mir beim Tee.

Es mag seltsam erscheinen, aber Tee ist meiner Meinung nach eine zusätzliche und unnötige Mahlzeit. Er reizt mich nicht im Geringsten und verdirbt nur das Abendessen und die Verdauung. Ich bin dennoch hingegangen, weil die Dame in einer Notiz an mich erwähnte, sie hätte mein Buch mit Geistergeschichten gelesen und interessiere sich für Geister im Allgemeinen und für die Geister von St. Andrews im Besonderen. Sie kenne viele solcher Geschichten aus den Tagen ihrer Mädchenzeit in St. Andrews, die jetzt etwa 85 Jahre zurückliegt.

Deshalb ging ich hin, um Kuchen mit Zucker sowie heißes, gebuttertes Toastbrot zu essen und Tee zu trinken, der so schwarz war wie Gewürzrinde oder Schwarzbier.

Sie hatte mir in der Notiz auch mitgeteilt, dass sie mir viel über den Spuk-Turm und die wunderschöne Weiße Lady erzählen könnte.

Es hatte einige Zeit gedauert, sie an diesem Punkt zu bringen. Zuvor sprach sie von Erzbischof Sharpe und seinem Spukhaus in der Pends Road, von dem Geist, der von Erzbischof Ross gesehen wurde, von meiner besonderen Freundin', der verschleierten Nonne von der Kathedrale und

Mr John Knox, von Hungus, dem König der Pikten, von Konstantin, Thomas Plater und verschiedenen anderen, und sie erzählte mir eine lange Geschichte über das Gespenst von Rainham in Norfolk, bekannt als 'The Brown Lady of Rainham' [die braune Lady von Rainham], die sowohl ihr Vater als auch Captain Marryat gesehen hatten, und so weiter...

Endlich kamen wir zu dem Thema, über das ich gerne Informationen erhalten hätte.

»In meiner Jugend«, sagte sie, »war St. Andrews ein ziemlich kleiner Ort mit grasbewachsenen Straßen, rot gekachelten Häusern, Außentreppen, seltsamen engen Gassen, nicht allzu sauber, nur ein paar Lichter in der Nacht – hier und da eine alte Leuchte oder Öllampe, die an der Straßenecke hing, und in jenen guten alten Tagen glaubte noch jeder an Sharpes Phantom-Kutsche.«

»Haben Sie sie jemals gesehen?«, fragte ich.

»Nein«, sagte sie, »aber ich habe sie vorbei rumpeln hören, und ich kenne Leute, die sie gesehen haben, und auch viele andere Dinge.«

»Aber erzählen Sie mir bitte von der Weißen Lady«, sagte ich.

»Das werde ich.«

»Nur wenige Menschen trauten sich damals nach Einbruch der Dunkelheit in die Nähe des

Spuk-Turms, und wenn sie es taten, liefen sie an ihm vorbei und auch am Schloss. Diese neumodischen Gaslampen haben jetzt alles verdorben.«

»Die Weiße Lady war eine der 'Marys' [der vier Ehrendamen gleichen Vornamens] der armen, gemarterten Maria von Schottland, so sagte man damals. Sie war wahnsinnig verliebt in den französischen Dichter und Minnesänger 'Castelar'. Der wiederum war aber hoffnungslos verliebt, wie viele andere auch, in Marys reizende Herrin, 'die Königin der Schotten'.«

»War sie das Mädchen, das in dem zugemauerten Spuk-Turm gesehen wurde?«, fragte ich.

»Das kann ich wirklich nicht sagen«, meinte sie. »Man erzählte sich früher oft, dass in diesem Turm ein schönes, einbalsamiertes Mädchen in Weiß liege, das dort und in der Nähe des Schlosses den Leuten zu erscheinen pflegte.«

»Ihr wisst, dass der arme Castelar, der hübsche Minnesänger, einige dumme Dinge gesagt und getan hat, und dass er auf der Burg enthauptet und wahrscheinlich in der Nähe begraben wurde.«

»Holen Sie mir mal aus dem Regal den Roman von Whyte Melvilles, 'Die Marys der Königin', sagte sie dann.«

Ich tat, was sie mir aufgetragen hatte.

»Nun, Sie werden darin sehen, dass in der Nacht, bevor Castelar enthauptet werden sollte, die gütige Königin Maria eine ihrer Marys – diejenige, die Castelar liebte – auf ihre eigene besondere Bitte hin mit ihrem Ring als Zeichen zum Schloss schickte, um ihm eine Begnadigung anzubieten, wenn er dieses Land für immer verlassen würde.«

»Diese Mary suchte Castelar auf, zeigte ihm den Ring der Königin und flehte ihn an, sich zu fügen, aber er weigerte sich – er zog den Tod der Verbannung vom Hof seiner geliebten Königin vor, und die schöne Botin musste ihn stur in seinem Kerker zurücklassen.«

»Dann schritt diese treue Seele die ganze Nacht vor der Burg auf und ab, um dann, im Morgengrauen, ertönte der Klang einer Kanone oder einer Kolubrine [ein Kanonentyp], ein Rauchkranz schwebte auf das Meer hinaus, und man wusste, Castelar war dahingegangen.«

»Whyte Melville schreibt: Mary schreckte nicht auf, sie schrie nicht, fiel nicht in Ohnmacht und zitterte nicht, aber sie warf ihre Kapuze zurück und blickte wild nach oben und schnappte nach Luft.«

»Als dann die aufgehende Sonne auf ihr unbedecktes Haupt schien, war Marys rabenschwarzes Haar voller Strähnen und mit grauen Flecken übersät.«

»Maria Stuart musste schließlich nach England fliehen. Die treue Mary wurde nun nicht mehr gebraucht und ging als Nonne ins Kloster von St. Andrews.«

»Schauen Sie auf Seite 371 in Whyte Melvilles Buch«, sagte sie.

Dort las ich: 'Es war eine frühe Ernte in jenem Jahr in Schottland, aber bevor die Gerste weiß war, hatte Mary mit Nonnen und Nonnenklöstern, Gelübden und Zeremonien, verwelkten Hoffnungen und tödlichen Sorgen abgeschlossen und war an den Ort gegangen, wo das müde Herz allein die Ruhe finden kann, nach der es sich so sehr gesehnt hatte.'

»Das Pathetische und das Komische gehen oft zusammen, denn genau an dieser interessanten Stelle sprang plötzlich eine Katze auf den Tisch und warf eine Tasse Tee auf dem Schoß meiner liebenswürdigen Gastgeberin um.«

Das sorgte für Ablenkung.

Alte Damen neigen zum Umherschweifen, was lästig ist. Sie kam wieder kurz von ihrem Thema ab und fragte mich, ob ich Captain Robert Marshall kenne, der Theaterstücke und 'The Haunted Mayor' geschrieben hat.

Ich sagte, dass ich Bob gut kenne und dass er ein alter Junge vom Madras College sei.«

Dann wollte sie wissen, ob ich wüsste, wie man den Namen des amerikanischen Putters [Golfschläger zum Einlochen] von Mr Travis ausspricht und ob Mr Low oder ich ihn jemals ausprobiert hätten.«

Sie wollte auch wissen, ob ich etwas über die neue Patentuhr wüsste, die nach dem Grammofonprinzip arbeitete und die Stunden ausrief, anstatt sie zu schlagen.

Nachdem ich all diese Fragen zu ihrer Zufriedenheit beantwortet und eine weitere Tasse Gewürzrinde – ich meine Tee – getrunken hatte, brachte ich sie zurück zur Weißen Lady.

»Oh, ja, mein Bester«, sagte sie, »ich habe sie gesehen, ich und einige Freunde.«

»Viele von uns waren an einem Nachmittag in Kinkell Braes gewesen und blieben dort lange über die vorgesehene Zeit hinaus. Es war fast dunkel, und wir krabbelten ziemlich verängstigt die Böschung vom Hafen hinauf.«

»Direkt neben dem Turmlicht sahen wir die Lady an der Spitze der alten Abteimauer entlanggleiten. Sie war in ein grauweißes Kleid gekleidet und hatte einen Schleier über dem Kopf. Sie hatte rabenschwarzes Haar und trug eine Perlenkette, die von ihrer Taille herunterhing.«

»Wir kauerten alle zusammen mit weit aufgerissenen Augen und Mündern und beobachteten die Gestalt.«

»'Es ist ein schlafwandelndes Mädchen', murmelte ich. 'Es ist eine Braut', flüsterte ein anderer.«

»'Oh, sie wird fallen', sagte ein kleiner Junge und hielt mich am Arm fest. Aber das tat sie nicht. Sie ging in die Brüstungsmauer des Spuk-Turms hinein und war völlig verschwunden.«

»'Es ist ein Gespenst; es ist die Weiße Lady', schrien wir alle und eilten zitternd nach Hause.«

»Auch meine Schwester sah sie auf einem der Türmchen in der Abteimauer, wo sie auch von mehreren Leuten gesehen wurde.«

»Einige Monate später, als ich mir vor meinem Spiegel die Haare machte, schaute dasselbe Gesicht über meine Schulter, und ich wurde ohnmächtig. Seitdem habe ich immer ein unheimliches Gefühl bei einem Spiegel, auch jetzt noch als alte Frau, die ich bin. Ihr schönes Gesicht ist eines, das man nie mehr vergisst, wenn man es einmal gesehen hat, aber diese neumodischen Lampen haben alles verändert.«

»Und, was denken Sie jetzt darüber?«, fragte ich sie.

»Ich habe Ihnen alles gesagt, was ich weiß.«

»Die Lady wurde früher oft zwischen dem Schloss und dem alten Turm gesehen. Vielleicht kam sie, um sich die letzte Ruhestätte ihres geliebten und eigensinnigen Minnesängers Castelar anzusehen.

Vielleicht kam sie auch um die Lieblingsplätze ihrer geliebten jungen Königin – die zu Recht Rosenkönigin genannt wird – wiederzusehen; aber bis zu meinem Todestag werde ich niemals dieses Gesicht vergessen, dieses liebliche, pathetische Gesicht, das ich vor Jahren gesehen habe und das vielleicht noch von einigen gesehen wird.«

»Was! Müssen Sie jetzt wirklich gehen?«, fragte sie mich, als ich aufgestanden war. »Wollen Sie nicht noch eine Tasse Tee nehmen?«

»Also gut, auf Wiedersehen«, gab sie dann nach.

Während ich auf meinen Weg zum Club war, konnte ich nicht anders, als an die seltsame Geschichte zu denken, die ich gerade gehört hatte, und an Castelars trauriges Ende. Ich fragte mich auch, ob ich jemals selbst einmal das Glück haben würde, die Weiße Lady zu sehen.

Ein spiritistische Séance

Die M'Whiskers, die ich in Oban [an der schottischen Westküste] traf, waren sehr lustige alte Leute.

Papa M'Whisker hatte als Teepflanzer in Ceylon ein großes Vermögen gemacht und Dramdotty Castle im hohen Norden gekauft und ausgebaut.

Sie waren Geistern und dem Spiritismus sehr zugetan, und in Dramdotty schienen sie für jeden Tag in der Woche einen Geist zu haben.

Am Montag gab es die 'Gefleckte Nonne', am Dienstag das 'Schwebende Kind', am Mittwoch den 'Kopflosen Zwerg', am Donnerstag den 'Verschwindenden Neger', am Freitag die 'Verbrannte Dame' und am Samstag den 'Menschlichen Ballon', und am Sonntag besuchte sich die ganze Bande gegenseitig und ging, so wage ich zu behaupten, mit ihnen in die Kirche.

M'Whisker selbst war eine joviale Seele, liebte seinen Toddy [starkes alkoholisches Getränk mit heißem Wasser und Zucker] und ähnelte sehr dem Dougal Cratur in 'Rob Roy'*. Mein Freund, John Clyde**, hätte ihn sehen sollen.

[* Rob Roy war ein schottischer Volksheld und Geächteter. In der Novelle 'Rob Roy' ist Dougal Gratur, rothaarig, stürmisch und stets kampfbereit, ein Verbündeter von Rob Roy. ** John Clyde war Schottlands erster Filmstar]

M'Whisker hatte einen wilden roten Haarschopf und einen gleichfarbigen Bart. Die Straßenjungen pflegten ihm ein Lied nachzurufen: 'Die Leute nennen mich alle Karotte, was, was, was, oh!, Karotte' usw.

Mrs M'Whisker war eine stämmige Dame mit Augen wie kleine Tomaten und einer kantigen Nase. Sie hatten einen Sohn, einen Jungen von zehn Jahren, der Fernando M'Whisker genannt wurde, weil er in Spanien geboren wurde.

Als sie nach St. Andrews kamen, hatten sie eine Reihe meiner 'Geisterbücher' gekauft. (Diese Geister spuken zurzeit vor allem im Citizen Warehouse [öffentliches Warendepot], in den Buchhandlungen und im Buchladen der Eisenbahn.) Das ist vielleicht der Grund dafür, dass die M'Whiskers mich zu einer spiritistischen Séance in ihr Haus in der South Street eingeladen hatten.

Sie kamen gewöhnlich für den Winter nach St. Andrews, zum Teil, um weg von der Kälte ihrer nördlicher gelegenen Heimat zu kommen, und zum Teil, weil sie dachte, die Geschichte und die Atmosphäre von St. Andrews bot sich geradezu für eine allgegenwärtige Präsenz von Geistern, Spuk und Gespenstern an.

Ich hatte zuvor nur zwei solcher Shows besucht – eine in Helensburgh und eine in Cambridge – und war und bin es immer noch sehr skeptisch, was die Glaubhaftigkeit des Spiritismus angeht.

Am vereinbarten Tag ging ich zum Haus der M'Whiskers in der South Street und wurde von einem Highlander im M'Whisker-Tartan* hereingeführt.

[* Tartan = individuelles Webmuster für Stoffe, das häufig die Zugehörigkeit zu einem bestimmten Clan anzeigt]

Es war noch früh am Nachmittag, aber ich fand die Fensterläden in dem großen Raum alle verschlossen vor, und es brannten nur ein paar schwache Lichter.

Auf einer Anrichte in der Ecke standen reichlich Erfrischungen und alles andere, was das Innere eines Mannes tröstet.

In der Mitte des Raumes befand sich ein runder Tisch, der mit einer M'Whisker-Tartan-Tischdecke bedeckt war, die rundherum den Boden berührte. Letzteres allein kam mir schon sehr verdächtig vor.

Ich wurde dem Hauptmedium vorgestellt, einem Mr Peter Fancourt, der aussah, als sei er begraben und wieder ausgegraben worden. Er trug enge, schlichte schwarze Kleidung und ähnelte in jeder Hinsicht 'Uriah Heep' in 'David Copperfield'*.

[* Uriah Heep ist eine Figur in dem Roman 'David Copperfield ...' von Charles Dickens]

Das andere Medium war eine Mrs Flyflap Corncockle. Sie sollen sich angeblich nicht gekannt haben, aber ich bin mir so sicher, dass sie Komplizen waren, so sicher, wie der Bell Rock in der Nähe der St. Andrews Bay liegt.

Eine Anzahl von Stühlen standen um den Tisch herum. Auf diese mussten wir uns alle setzen, wobei unsere Daumen und kleinen Finger rundherum die Tischkante berührten.

Das Erste, was passierte, war eine Art 'Matschen', und dann kam von irgendwoher ein riesiger Blumenstrauß auf den Tisch herab. Es war ein geschickter Trick, aber die Blumen waren von der gewöhnlichsten Sorte, so wie ich sie an diesem Morgen in allen Gemüseläden gesehen hatte.

Die Lichter wurden nun sehr weit heruntergedreht, und ein Geisterarm mit einer Hand schwebte umher und zeigte ein starkes Leuchten. Er schwebte von der Decke bis über unsere Köpfe, und als ich die Gelegenheit bekam, sprang ich auf einen Stuhl und ergriff ihn mit beiden Händen.

Er schien sich zurückzuziehen und zog gewaltsam und auf eine sehr materielle Art an meinen Händen, sodass ich gezwungen war, loszulassen. Ich weiß nicht, wohin die Hand und der Arm verschwunden sind, aber es war einfach nur eine Manipulation und ein Trick.

Danach sagte 'Mr Heep' (ich bitte um Verzeihung, Mr Fancourt), dass ein Ungläubiger anwesend sei, und da ich dieser Ungläubige war, wurde ich zusammen mit einer von Mr M'Whiskers riesigen Zigarren in einen Sessel am Kamin verwiesen.

Von diesem Aussichtspunkt aus beobachtete ich die ganze Angelegenheit, und sie versicherten mir, dass sie mir alles erzählen würden, was vor sich ging.

Das nächste, sehr merkwürdige Ereignis war, dass sie plötzlich alle ihre Hände vom Tisch nahmen und ihre Augen langsam etwas verfolgten, das zur Decke hochging. Es war lustig zu sehen, wie sie sich alle zurücklehnten und zur Decke hinauf starrten. Dann nahmen ihre Köpfe und Augen ganz langsam wieder ihre normale Stellung ein.

»Haben Sie das gesehen?«, sagte der M'Whisker triumphierend.

»Ich habe gar nichts gesehen«, bemerkte ich.

»Haben Sie denn nicht gesehen, wie der Tisch zur Decke hinauf schwebte? Er blieb dort eine halbe Sekunde lang und kam dann federleicht herunter.«

»Ich habe den Tisch die ganze Zeit beobachtet«, sagte ich, »und er hat sich nicht einen Zentimeter von seinem Platz bewegt.«

»Oh! Sie sind ein Ungläubiger«, sagte Mrs M'Whisker traurig, »aber später, wenn es dunkler ist, werden Sie sehen, wie Mr Fancourt aus einem der Fenster heraus schwebt und zu einem anderen wieder hereinkommt.«

Ich hoffte inständig, dass er, wenn er so etwas machen würde, auf dem Bürgersteig unten aufschlägt und sich einige Rippen bricht.

Der Tisch begann daraufhin zu tanzen und sich zu bewegen, aber das war, da bin ich mir sicher, einfach von diesen beiden Medien eingefädelt worden.

Nach einigen Albernheiten dieser Art waren sich alle einig, dass das 'Ouija-Brett' hervorgeholt werden sollte.

Es wurde ein großes, längliches, gelbes Brett gebracht und auf den Tisch gelegt. Darauf befanden sich die Buchstaben des Alphabets und eine Reihe von Figuren, auch die Sonne, der Mond und die Sterne sowie einige andere fantastische Symbole.

Auf dieses Brett wurde dann eine kleine Tafel mit einem runden Körper und einem runden Kopf gelegt. Sie hatte drei Hinterbeine und ein Vorderbein, das der Zeiger war. Die Beine hatten kleine rote Samtstiefel an.

Die beiden Medien legten dann ihre Hände auf jede Seite dieser merkwürdigen Tafel, die sofort anfing, zwischen den Buchstaben und Zahlen hin und her zu laufen, Dinge zu buchstabieren und auf gestellte Fragen hin Daten festzulegen. Sie ähnelte sehr einer Planchette, diese hätte aber Räder gehabt und mit einem Bleistift auf Papier geschrieben.

Als das Quija zum ersten Mal etwas gesagt hatte, informierten sie mich gleich darüber, was es war. Ein Geist namens Clarissa sei anwesend und sie hätte für viele Jahre sterbend in diesem Raum gelegen. Sie behauptete auch, dass sie eine entfernte Verwandte der Weißen Lady aus dem Spuk-Turm sei.

Dann stürzte sich die Wahrsagetafel in die Poesie. Der erste Versuch war die 'Legende von Purple James und seinem Mädchen', eine komische Sache, die mich an die 'Bab Ballads'* erinnerte. Sie gaben mir danach eine Kopie dieses Gedichtes, die ich immer noch besitze.

[* Die Bab Ballads sind eine Reihe illustrierter humoristischer Gedichte von W. S. Gilbert. Der Humor basiert auf einer verrückten Ausgangssituation, aus der sich absurde Schlussfolgerungen ergeben]

Als Nächstes gab uns ein Geist ein schottisches Gedicht über einen Haggis*, und dann eines mit dem Titel 'Edward und das hart gekochte Ei'.

[* ein schottisches Lieblingsgericht mit Innereien vom Schaf im Schafsmagen verpackt]

Dann widmete ein Geist mir persönlich seine Aufmerksamkeit und bezeichnete mich als 'Ungläubigen'. Er sagte dann, wenn die Gesellschaft zur Altertumsforschung eine Grube von vier Fuß im Quadrat und sechs Fuß tief zwischen den beiden Kerkern im Küchenturm des Schlosses ausheben und man dann noch der Felsen durchschlagen würde, käme eine Höhle voller Fässer mit gutem Rotwein zum Vorschein.

Ehrlich gesagt, ich würde der Gesellschaft auf Basis dieser Aussagen unter keinen Umständen empfehlen, dort mit einem Pickel zu schlagen.

Der nächste Geist, der erschien, war ein Jaspar Codlever. Er spielt auch auf mich an, als 'der Mann aus Cambridge im Stuhl mit der Zigarre'. Er sagte, dass man, würde man Ausgrabungen zwischen den beiden letzten Bäumen im Lawpark Wood vornehmen, eine Steinkiste voller piktischer* Ornamente finden würde.

[* die Pikten lebten im Osten und Norden von Schottland zwischen der Eisenzeit und dem Frühmittelalter]

Er erzählte uns noch, dass sich in einer Höhle auf den Klippen ein Kelch von großem Wert befindet, der von Isabella der Nonne dort platziert worden war und die ihn immer noch bei Tag und Nacht bewachte, und dass es sehr gefährlich sei, sich ihm zu nähern.

Dann verschwand dieser Geist und sein Platz wurde von einem Mönch namens Rudolph eingenommen, der uns mitteilte, dass der Eingang zur Krypta oder Unterkapelle zwischen zwei der Säulen im Priorat zu finden sei.

Da es dort eine Menge Säulen gibt, kann man unmöglich wissen, welche er meinte. Er sagte, dieser Eingang sei in der Nähe des Grabes von Roger. Ich habe auch nicht die geringste Ahnung, wer dieser Roger sein soll.

Er hat uns dann von dieser Krypta erzählt. Er sagte, es sei etwas so Schreckliches darin, dass es ihm übel wurde. Seltsamerweise haben uns einige Gedankenleser vor einigen Jahren im Rathaus die gleiche Geschichte erzählt, aber sie sagten, die unterirdische Kapelle sei am östlichen Ende der Kathedrale.

Der Mönch fuhr dann fort, uns von diesem Ort im Priorat zu erzählen. Er sagte, es gäbe dort Säulen aus Purbeck-Marmor*, einen Brunnen mit klarem Wasser und drei kleine kostbare Altäre und eine Anzahl von Büchern der Vinzentiner-Kanoniker.

[* ein gut polierbarer Kalkstein, der hauptsächlich auf der Isle of Purbeck, einer Halbinsel in der Grafschaft Dorset, an der Südküste von England gewonnen wurde]

Jetzt gab es eine kurze Pause, und die Lichter wurden wieder aufgedreht.

Ich wollte unbedingt weg, aber sie flehten mich an zu bleiben, um mir den Schrank und die Geister darin zu anzusehen. Ich sagte ihnen in meiner dramatischsten Art und Weise, dass ich schon spät dran sei und noch ein weiteres Treffen hätte.

M'Whisker bat mich daraufhin, wenn ich schon nicht bleiben wolle, um die Geister zu sehen, dann sollte ich doch wenigstens einige 'geistige' Getränke probieren, und er mixte mir einen ausgezeichneten Whisky-Soda, den er 'Blairgowrie' nannte.

Ich verabschiedete mich danach und war heilfroh gewesen, wieder auf die Straße und damit in die Welt des klaren Verstands zu kommen.

Die M'Whiskers teilten mir einige Tage später mit, dass sie meinen Weggang sehr bedauerten, da, nachdem ich gegangen war, Fancourt aus dem Fenster geschwebt sei und zahlreiche wunderbare Geister im Schrank erschienen seien.

Es war gut, dass ich gegangen bin, so wie ich es getan hatte, denn ich hätte sicherlich einen Schürhaken zu dieser Besichtigung des Geisterschranks mitgenommen.

Die Erscheinung von Sir Rodger de Wanklyn

Ich mag die Weihnachtszeit wirklich sehr gern, aber in dieser Saison gab es wenig Schnee. Ich glaube, er hat vergessen, dass er in diesen Tagen schneien soll.

Trotzdem fühle ich mich sehr weihnachtlich.

Ich denke an die gute alte Zeit der Postkutschen, als es noch richtig schneite, an Washington, Irving und den guten alten Dickens und Scott, an den Weihnachtsbaum und die Familientreffen und Wiedersehensfeiern, an den Festpunsch, an Frumenty [Haferbrei] und Pflaumenbrei, an Minzkuchen und Pflaumenpudding, an Stechpalme und Mistelzweig und große Tänze im Dienstbotenzimmer, an die guten alten Geister der Vorfahren und heitere Ausgelassenheit.

Im Moment sitze ich gerade in einem gemütlichen Sessel (der alten Machart, keine moderne Fälschung) und unterhalte mich mit meinem alten Freund Theophilus Greenbracket. Filus, wie ich ihn nenne, ist ein kluger, vielseitiger Mann; er ist viel herumgereist, ein guter Sportler und hat ein tiefes Interesse an allen sterblichen Dingen.

Er ist kein Spaßverderber und nicht verkalkt, er ist auf der Höhe der Zeit und unerschütterlich – dieser Greenbracket.

Er sitzt mir gegenüber, raucht eine riesige Zigarre, trinkt Rumpunsch und redet viel; er redet immer viel, ist aber nie langweilig und schaut niemals auf einen herab.

Zu seinen Füßen liegt ein riesiger Hund mit einem grimmigen und rachsüchtigen Gesichtsausdruck, der über sein wahres Wesen hinwegtäuscht, denn er ist sanft zu allem und jedem, außer zu Katzen und Ratten.

Greenbracket ist neben vielen anderen Dingen ein großer Spiritist und Visionär und besitzt alle Arten von medialen Geräten wie Orakel, Planchetten und Ouijas, mit denen er zusammen mit seinem alten Butler namens Amos Bradleigh arbeitetet, der ebenfalls ein Geisterjäger ist.

»Übrigens«, sagte Greenbracket, »nehme ich zurzeit Musikunterricht bei Mr Easeboy.

Er sagte dies so abrupt, dass ich zusammenzuckte, denn wir sprachen gerade über Seeschlangen und die Wahrscheinlichkeit ihrer Existenz.

»Machen Sie das wirklich, alter Knabe?«, sagte ich.

»Ja, Generalbass und aufeinanderfolgende Quinten und Harmonie und all so was, wissen Sie. Er hat einen Schüler, Macbeth Churchtimber, der gerade einen schmissigen, hübschen Walzer namens 'Eleanor Wynne' geschrieben hat.«

»Ich dachte, Churchtimber spielt nur schwere, klassische Sachen«, sagte ich ein wenig zurückhaltend.

»Oh, ja«, erwiderte mein Freund, »aber er streift gelegentlich auch leichtere Themen und hat sogar ein komisches Lied geschrieben, mit dem Titel 'Ich liege neben einem Meilenstein mit einer Sonnenblume auf meiner Stirn'.«

»Das werde ich eines Tages mal ausprobieren«, sagte ich, »aber, wie sieht es mit euren Geistern aus? Habt ihr in letzter Zeit welche gesehen?«

»Vor ein paar Minuten war einer hier«, sagte Greenbracket, »ein großer Mann in einer Rüstung, der in der Ecke dort drüben saß.«

»Was für ein Unsinn«, sagte ich ziemlich verärgert, »Sie träumen Dinge oder trinken und essen zu viel.«

»Nein, das tue ich nicht«, sagte Greenbracket, »wollen Sie wirklich sagen, dass Sie gerade keine Empfindung gespürt haben, kein Stechen oder Kribbeln, oder ein kühles Gefühl im Rücken?«

»Gewiss nicht – nichts dergleichen«, antwortete ich.

»Nun, das ist seltsam«, sagte er, »ich weiß, dass Sie diese Dinge nicht sehen, aber ich dachte, Sie hätten irgendwie eine seltsame Präsenz gespürt. Ich weiß nicht, wer der Mann in der Rüstung war.

Ich habe ihn zuvor noch nicht gesehen, aber auf jeden Fall mein Butler. Es war nicht Sir Roger de Wanklyn.«

»Wer zum ... ist das?«, erkundigte ich mich.

»Oh«, sagte mein Gastgeber, »er ist der erdgebundene Geist eines Architekten, der zu der Zeit in St. Andrews lebte, als Jakob der Fünfte Maria von Lothringen in der Kathedrale heiratete; er sagt, er war bei der Zeremonie dabei und kann alles beschreiben. Es war ein fröhlicher Festzug mit viel Tamtam.«

»Wenn Sie all diese kuriosen Informationen bekommen können, was ich nicht unbedingt glaube, warum in aller Welt können Sie dann nicht etwas Praktisches und Nützliches herausfinden, zum Beispiel wo das geheime unterirdische Versteck ist und wo all die Tonnen wertvoller Ornamente, Papiere und Gewänder versteckt sind?«

»Mein lieber Freund«, sagte Greenbracket feierlich, »diese Leute lassen sich nicht einfach aushorchen; sie sagen Ihnen nur, was sie wollen oder was sie preisgeben dürfen.«

»Wenn sie wirklich auftauchen und mit Ihnen reden, wie Sie sagen, warum in aller Welt können Sie sie nicht dazu bringen, etwas Sinnvolles von sich zu geben?«

»Ich kann ihr Vertrauen wirklich nicht erzwingen«, sagte Greenbracket, »alles, was sie mir freiwillig erzählen, ist höchst interessant und fesselnd. Dieser Sir Rodger plante zahlreiche sehr wichtige bauliche Veränderungen in der Kathedrale und anderswo.«

»Das erscheint mir alles sehr merkwürdig«, sagte ich, »man trifft Menschen mit seltsamen Ideen. Ich traf vor Jahren in Aberystwith einen Mann, der fest an die Seelenwanderung glaubte. Er sagte, er könne sich gut daran erinnern, ein Taxifahrer in Glasgow gewesen zu sein und war sich sicher, dass er, wenn er diesen Planeten verlässt, ein Papagei auf dem Mars werden würde.«

»Davon verstehe ich kein bisschen«, sagte mein außergewöhnlicher Freund Greenbracket, »aber Sir Rodger de Wanklyn muss manchmal das Tal von Feuer und Frost besuchen, wo es auf der einen Seite mächtige Öfen und auf der anderen Eis und Schnee gibt, und das ist sehr schmerzhaft.«

»So etwas habe ich neulich bei einem Treffen erlebt«, bemerkte ich. »Auf der einen Seite war ein Feuerofen und auf der anderen ein weit geöffnetes Fenster, durch das ein beißender Frostwind hereinwehte.«

»Na, na«, sagte Greenbracket, »bei dem hier spreche ich von der Geisterwelt.«

»Zum Teufel mit ihrem ihrem Geisterkram. Hat ihr Butler, Amos Bradleigh, in letzter Zeit irgendwelche spukhaften Dinge gesehen?«

»Ja, er ist sehr genervt von dem Geist einer bösen alten Haushälterin, der sich hier aufhält.«

»Sie ist diejenige, die bei einem Sturz die Treppe hinunter ihr Leben verloren hat. Jetzt stößt sie ihn ständig meine Kellertreppe hinunter. Er ist sehr wütend darüber.«

»Hat dieser Butler von Ihnen eine Verbindung zu Jeremiah Anklebone?«, fragte ich.

»Ja, er ist ein Cousin von ihm«, sagte Greenbracket, »alle in dieser Familie haben das Zweite Gesicht und sehen und träumen seltsame Dinge.«

»Und wer«, fragte ich, »mag diese Haushälterin sein, die Ihren Butler die Treppe hinuntergestoßen hat?«

»Oh«, sagte Greenbracket, »sie ist ein schlechtes Gespenst, und ihr Name ist Annibal Strongthorn. Sie war vor Ewigkeiten Haushälterin von Sir Roger de Wanklyn in diesem sehr alten Haus, in dem wir uns befinden.«

»Was ist mit diesem Sir Roger passiert? Hat er es Ihnen erzählt?«

»Oh! Ja, er ist über die Klippen gefallen.«

»Meine Güte, und hat diese alte Haushälterin ihn hinuntergestoßen. War sie eine Mörderin?«

»Ach, woher soll ich das wissen«, sagte Greenbracket mürrisch, »er hat mir nichts dergleichen gesagt.«

»Nun, alter Freund«, sagte ich, »Sie bekommen wirklich nicht viel Interessantes aus ihren Geisterfreunden heraus.«

Was mir aber an Ihnen gefällt«, fuhr ich fort, »ist, dass all ihre zahlreichen Geister direkt zu Ihnen kommen, direkt ins Hauptquartier – Sie albern nicht auf idiotische Art und Weise mit Stühlen und Tischen und Anrichten und anderen Teilen aus Holz herum.«

»Wenn aber manche Leute, wie sie sagen, Stühle und Tische und andere Möbelstücke dazu bringen können, ihnen zu folgen, warum gehen sie dann nicht nachts auf die Straßen, wenn diese leer sind, und holen sich billig Möbel, die zum Abholen hingestellt worden sind?«

»Machen Sie sich nicht über alles lustig«, sagte Greenbracket, »ich sehe und unterhalte mich mit verstorbenen Geistern.«

»Ich bitte sie nicht zu mir kommen; sie kommen zu mir, und von der Hälfte von ihnen hatte ich noch nie etwas gehört oder an sie gedacht.«

»Darf ich fragen, mein guter Freund Greenbracket, was für Kleidung sie tragen, wenn sie Ihnen diese Besuche abstatten; zum Beispiel, womit kleidet sich Ihre letzte Erscheinung, Sir Rodger?«

»Meine Güte!«, sagte Theophilus, »natürlich tragen sie die Kleidung ihrer Zeit – ein Wams, eine Jacke und eine Hose, einen Degen und all so etwas; manchmal trägt er eine Art grobes, bombastisches zweireihiges Gewand.«

»Ich kann mir nicht erklären«, sagte ich zu meinem spiritistischen Freund, »woher diese Kleider kommen. Haben sie eine Art von Theatergarderobe, wo immer sie existieren?«

»Wenn ja, warum können die Geister der Kleider aus der alten Welt nicht allein kommen? In einem solchen Fall könnte man eine moderne Abendgarderobe oder eine Rüstung oder Stiefel und Sporen oder ein Militärkleid in das Zimmer kommen sehen, ohne dass etwas darin ist; oder man könnte mit etwas Fantasie einen Schlafanzug oder ein Paar Pantoffeln in der Wohnung herumgehen sehen.«

»Hören Sie auf, so zu reden«, sagte Theophilus, »Sie besitzen nicht den Sinn – ich meine den Extrasinn, um diese Wesen zu sehen; aber lesen Sie dieses Dokument, das ich verfasst habe. Es wird Sie gewiss davon überzeugen, dass ich wirklich wertvolle Eingebungen aus anderen

Welten erhalte, aber vorläufig muss es noch streng geheim bleiben.«

»In Ordnung, ich verspreche es Ihnen«, murmelte ich beschwichtigend.

Dann betrachtete ich sorgfältig das mehr als außergewöhnliche Dokument, das er mir reichte.

»Es ist sehr merkwürdig«, sagte ich, »aber wenn es auch nur ein bisschen wahr ist; und wenn es echt ist, könnte es äußerst nützlich sein. Aber meine Lippen sind versiegelt.«

»Aber von wem haben Sie diese bemerkenswerte Geschichte erhalten?«

»Von Sir Rodger de Wanklyn, dem Architekten der Kathedrale«, antwortete er.

Ich ging los, ganz erfüllt von meinem seltsamen Freund Greenbracket und von der Köchin Annabel Strongthorn, von Amos Bradleigh und seinem Vetter Anklebone und vor allem natürlich von Sir Rodger de Wanklyn.

Die verhexte Ermentrude

Vor sehr vielen Jahren schlenderte ich an einem Novembernachmittag wieder einmal die historische alte South Street hinunter, um in einem der malerischen Häuser mit meinem alten Freund Harold Slitherwick das Mittagessen einzunehmen.

Das Essen war jedoch nicht der Hauptzweck meines Besuchs, sondern ich wollte einen Mann namens Reginald Saedeger treffen, einen ehemaligen in Indien tätigen Richter, der tatsächlich einen echten Geist oder ein Gespenst gesehen hatte.

Es ist jedoch eine traurige, nein, eine melancholische Tatsache (denn, das wurde mir von den allerbesten Autoritäten gesagt), dass ich nicht übersinnlich bin.

Obwohl ich Tage und Nächte in düsteren, grimmig-gespenstischen Kammern und Ruinen verbracht habe und sogar eine einsame Halloween-Nacht auf dem Gipfel des alten Turms von St. Rule (meine einzigen Begleiter waren Sandwiches, Streichhölzer, einige Zigarren und die notwendige und unverzichtbare Flasche), habe ich doch – leider! – nie etwas gehört oder gesehen, das irgendwie abnormal war oder von einer mystischen Präsenz, über die so viel geredet wurde.

In der alten Villa angekommen, wurde zugleich von Slitherwicks Butler, einem Joe Bingworthy, hereingeführt, einem Mann mit dem Auftreten und der Erscheinung eines Erzbischofs, von dem man immer eine Art päpstlichen Segen zu erwarten schien.

Es waren bereits mehrere Leute da, und ich wurde schnell mit Saedeger bekannt gemacht, einer sehr fröhlichen, angenehmen kleinen Person mit dunklem Haar und großen Augenbrauen.

Als ich eintrat, war eine sehr hitzige Diskussion darüber im Gange, was eigentlich eine richtig konstituierte Kathedrale sei.

Darkwood rief: »Kein Bischofsstuhl, keine Kathedrale. Wenn«, so sagte er, »ein Bischof seinen Stuhl in einer winzigen Kapelle hatte, war es eine Kathedrale, aber wenn ein religiöses Gebäude so groß wie der Kristallpalast war und es dort keinen Bischofsstuhl gab, war es kein bisschen eine Kathedrale.«

Ich unterbrach diese Diskussion abrupt, indem ich Saedeger nach seinem Geist fragte, und mir wurde gesagt, ich würde die ganze Geschichte nach dem Mittagessen hören.

Bevor wir uns ins Raucherzimmer zurückzogen, erzählte uns Saedeger, dass er sich wegen der langen Reise ein bisschen k. o. fühle. Er hatte eine sechsunddreißigstündige Reise hinter sich,

166

nachdem er die gute alte 'Tony Pandy' [eigentlich 'Tonypandy', eine Stadt in Wales] verlassen hatte.

Visionen von 'Tony Lumpkin' und 'Tony Faust' in 'My Sweetheart'* huschten durch mein Gehirn.

[* 'Tony Lumpkin ist in der Stadt' ist ein altes irisches Bühnenspiel, 'Tony Faust' ist ein Charakter in dem britischen Stummfilm 'My Sweetheart']

Dann, zum Glück, erinnerte ich mich plötzlich daran, dass 'Tony-Pandy' nur eine Stadt in Wales war.

Als wir es uns im Rauchzimmer mit Pfeifen, Zigarren und Whisky gemütlich gemacht hatten, wurde Reginald Saedeger sofort zum Mittelpunkt des Interesses.

»Vor vielen Jahren«, sagte er mit ruhiger, fester Stimme, »besuchte ich einige Freunde in St. Andrews, und ich hatte ein höchst unerklärliches Erlebnis. Ich werde Ihnen alles darüber erzählen.«

»Ich habe nie zuvor etwas Übernatürliches gesehen und auch danach nie wieder etwas, das auch nur im Geringsten so bemerkenswert gewesen war, aber eines Abends, in meiner ersten Nacht in diesem Haus, sah ich zweifellos das Gespenst des 'Blauen Mädchens'.«

»Was gab es an diesem Abend zum Abendessen?«, fragte ich wenig zurückhaltend.

»Nur Hühnchen und Salat«, war die Antwort.

»Ich dachte wirklich nicht an etwas Gespenstisches«, fuhr er fort. »Wenn man seine Gedanken auf eine Sache fixiert, wie es manche Leute können, kann man sich selbst hypnotisieren. Ich hatte aber nichts anderes als Golf im Kopf, als ich mich zum Schlafen begab.«

»Nun, fahren Sie fort«, sagte ich.

»Man hat mir ein reizendes, bequemes, großes altertümliches Zimmer gegeben, mit einem schönen Feuer und so weiter, und da ich todmüde war, ging ich bald zu Bett und schlief ein.«

»Später wachte ich plötzlich auf und war überzeugt, dass ein Paar Augen auf mich gerichtet war. Ich nehme an, jeder weiß, dass eine schlafende Person bald aufwacht, wenn man sie eine Weile starr anschaut.«

»Als ich die Augen halb geöffnet hatte, schreckte ich auf, denn an den Kaminsims gelehnt, starrte mich im Spiegel ein wunderschönes Mädchen in einem hellblauen, hauchdünnen Kleid an, mit dem Rücken zum Bett, und ich sah, dass sie dichtes, gewelltes, goldbraunes Haar hatte, das ihr bis weit über die Taille hinunter hing.«

»Ich war völlig erstaunt und beobachtete die Bewegungen dieser schönen Kreatur mit fast geschlossenen Augen, denn ich war mir zunächst nicht sicher, ob es jemand aus dem Haus war, der sich auf meine Kosten amüsierte und tat deshalb so, als ob ich schliefe.«

»Während ich heimlich hinsah, drehte sich das Mädchen herum. Sie stand mir gegenüber und ich bewunderte die außerordentliche Schönheit ihrer Gestalt und ihrer Züge.«

»Ich fragte mich dann, ob sie ein Gast im Haus war und was sie um diese Zeit herumtrieb. War sie vielleicht eine Schlafwandlerin?«

»Dann glitt sie – es war sicher kein Gehen – in eine Ecke des Zimmers, und ich bemerkte dabei, dass ihre Füße nackt waren. Sie schien *über* dem Teppich in der Luft zu gehen – nicht auf ihm.«

»Es war eine seltsame Bewegung. Sie ließ sich dahintreiben, stellte sich unter ein großes Bild, nahm einen Schlüssel heraus und öffnete ganz geräuschlos ein Schränkchen, das in die Wand eingelassen war. Aus diesem Behältnis nahm sie einige kleine Dinge heraus, die in ihren hübschen, langen und spitzen Fingern glitzerten.«

»Wie um alles in der Welt, haben Sie es geschafft, das alles in einem dunklen Schlafzimmer zu sehen?«, erkundigte ich mich sarkastischem Unterton.

»Das Zimmer war nicht dunkel«, sagte Saedeger. »In einem fremden Haus und in einem fremden Zimmer lasse ich immer das Licht brennen.«

»Oh, ich verstehe«, erwiderte ich. »Machen Sie weiter.«

»Nun«, fuhr Reginald Saedeger fort, »dann drehte sie sich um, kam auf das Bett zu, und ich bekam einen deutlicheren Blick auf sie.«

»Ich hatte noch nie jemanden gesehen, der ihr auch nur annähernd glich; es war ein ganz und gar unvergessliches Gesicht.«

»Ich habe auch noch nie jemanden gesehen, der so hübsch war, wie sie – es war eine seltsame, überirdische Schönheit, und ihre riesigen vergissmeinnichtblauen Augen waren für mich die Vollkommnung des Pathos.«

»Näher und noch näher kam sie, und als sie ganz nahe am Bett war, beugte sie sich über mich und hob ihre Hand mit dem glitzernden Ding darin hoch über meinen Kopf.«

»Da machte ich einen gewaltigen Sprung aus dem Bett und rief laut: 'Jetzt will ich sehen, wer mich erschrecken will'.«

»Ich streckte meine Arme aus, um sie zu ergreifen, aber sie schlossen sich um nichts, und zu meinem völligen Erstaunen sah ich sie auf der gegenüberliegenden Seite des Zimmers lächelnd vor mir stehen.«

»Das war seltsam und unheimlich genug, aber dann begann sie allmählich zu verschwinden, löste sich in einem dünnen blaugrauen Nebel auf, bis nichts mehr übrig blieb – ich war ganz allein im Raum und stumm.«

»Was dann?«, fragte ich.

»Nun! Was konnte ich tun oder denken?«, sagte Saedeger. »Ich war ziemlich verblüfft über die unerwartete Wendung der Ereignisse.«

»Ich gebe zu, ich fühlte mich zittrig, also nahm ich einen steifen Whisky mit Soda, rauchte eine Pfeife und ging zurück ins Bett, um über die Sache nachzudenken, und dann schlief ich ein.«

»Am Morgen wurde ich von meinem Gastgeber, Harold Slitherwick, geweckt, der ins Zimmer kam und ein 'Pony' [kleines Gläschen] Brandy für mich brachte.«

»'Na, alter Knacker, wie haben Sie geschlafen?', fragte er.«

»Dann erzählte ich ihm von dem blauen Mädchen.«

»'Du meine Güte! Haben Sie sie auch gesehen?'«, sagte er.

»'Viele Leute, darunter auch meine Frau, behaupten, sie gesehen zu haben; aber da Sie sie jetzt auch ebenfalls gesehen haben, beginne ich wirklich zu glauben, dass an der Geschichte etwas Wahres dran ist.'«

»Daraufhin sagte ich meinem Gastgeber, dass an der Sache kein Zweifel bestehe.«

»Ich zeigte dann auf die Stelle unter dem Bild, wo sich der Schrank befunden hatte.«

»Wir gingen beide hin und sahen nach. Es war aber kein Schrank zu sehen.«

»'Sehr seltsam', sagte mein Gastgeber, 'in diesem Zimmer ist vor langer Zeit einmal ein Mord geschehen. Vielleicht hatte die blaue Dame etwas damit zu tun; aber lassen Sie uns nach dem Schrank suchen.'«

»Als wir mit den Fingerknöcheln an die Wand klopften, fanden wir eine hohle Stelle, kratzten die Tapete ab, und da war tatsächlich die kleine Tür, die ich gesehen hatte.«

»Wir brachen sie sofort auf und entdeckten ein Behältnis, etwa einen Fuß im Quadrat, das sehr tief in die dicke Steinwand hinein ging.«

»Darin befanden sich eine Menge Dinge, eine Schere, ein Fingerhut, ein Dolch, ein Nähkasten und eine Menge alter, muffiger, staubiger Papiere.«

»Und dann fanden wir eine lange Locke von rotgoldenem Haar in einem Umschlag und eine wunderschöne, auf Elfenbein gemalte Miniatur des Blauen Mädchens, das ich gesehen hatte – jede Einzelheit, das Gesicht, das Kleid, das Haar und die nackten Füße waren vollkommen identisch.«

»Sowohl auf dem Umschlag als auch auf der Miniatur standen die Namen 'Ermentrude Ermengarde Annibal Beaurepaire' und die Jahreszahl 1559.«

»Wir haben dann die alten Dokumente untersucht, die uns einen Hinweis auf das Geheimnis gaben.«

»Es war eine sehr lange Geschichte, die wir durchlesen mussten, aber ich werde sie Ihnen kurz erzählen.«

»Vor langer Zeit war dieses alte Haus im Besitz eines Franzosen, Monsieur Louis Beaurepaire. Er hatte eine einzige und reizende Tochter von zwanzig Jahren namens Ermentrude Ermengarde Annibal Beaurepaire, die eine Braut der Kirche werden sollte, also eine Nonne.«

»Dieser Gedanke gefiel ihr offenbar nicht. Sie liebte leidenschaftlich einen jungen Studenten namens Eugene Malvoisine, und sie wurde von ihm ebenso geliebt.«

»Zwei Jahre lang ging alles gut, wie es scheint, und sie sollten zu Ostern in der Kathedrale verheiratet werden.«

»Alle Vorbereitungen für die Hochzeit waren abgeschlossen, aber das Glück ist eine unbeständige Sache und wollte etwas anderes.«

»Eine Rivalin erschien auf der Bildfläche in der Person von Marie de Mailross, einer Cousine der Beaurepaires und ein häufiger Gast in ihrem Haus.«

»Ermentrude fand heraus, dass ihr geliebter Eugen sich als untreu erwiesen und seine jugendliche Zuneigung auf die schöne Marie übertragen hatte. Sie hatten auch schon ihre baldige Flucht geplant.«

»Deshalb ging sie zu einer weisen Frau, die ansonsten eine Hexe war und in Argyll außerhalb des Shoegate Ports residierte, um sie um Rat zu fragen.«

»Diese Hexe mit Namen 'Alistoun Brathwaite', benutzte ihre bösen Kräfte bei der schönen Ermentrude und stachelte ihre Eifersucht zu Wut und Rachegelüsten an.«

»Sie überreichte ihr einen Gifttrank und einen scharfen, gut gearbeiteten Dolch. Die Hexe belegte Ermentrude mit einem Zauberspruch, nahm alles Gute in ihr weg und pflanzte böse Leidenschaften in ihre Brust.«

»Es scheint, dass Marie von Mailross in diesem alten Zimmer schlief.«

»Eines Nachts ging Ermentrude, wie von der Hexe gewollt, zu Maries Bett und stach den Dolch in ihr Herz, und sie starb.«

»Ermentrude soll dann verschwunden sein, und man sah oder hörte nie mehr etwas von ihr. Die Leute nahmen an, dass sie sich am Jungfrauenfelsen ertränkt hatte – daher kommt der Name, den er trägt.«

»Das«, sagte Saedeger,»ist meine sonderbare Geschichte.«

»Das Zimmer, in dem ich schlief, war genau das Zimmer, in dem Marie vor langer Zeit von Ermentrude zu Tode gebracht wurde, und es scheint mein Los gewesen zu sein, Ermentrude zu sehen und das Geheimnis zu entdecken, das in dem alten Schrank lag.«

Wir alle bedankten uns bei Saedeger, und nachdem wir nachdenklich noch ein paar Whiskys getrunken und ein paar Zigarren geraucht hatten, gingen wir grübelnd zu den 'Links' [Golfanlage].

Ein sehr seltsames Haus

Das letzte Mal, als ich Cambridge besuchte, wurde ich von einem Freund eingeladen, eine Gruppe fröhlicher Studenten zu treffen. Sie hatten alle Spitznamen, und wie ihre richtigen Namen lauteten, weiß ich nicht mehr.

Da waren Mike und Whiffle [Lüftchen], Toddie [auch Toddy, alkoholisches Getränk], Bulger [eine besondere Art von Golfschläger], the Infant [das Kleinkind], Eddie Smith aus Ramsgate und Coal Scuttle [Kohlenkasten].

Wir hatten ein äußerst üppiges Mahl, wie es nur von erstklassigen Köchen in Cambridge zubereitet werden kann und dem wir reichlich gerecht wurden.

Wir rauchten nach dem Mittagessen, als sie mir mitteilten, dass sie sich die Freiheit genommen hatten, eine Verabredung für mich zu treffen, um am nächsten Tag um 4.30 Uhr mit einer lieben alten Dame namens 'Schwester Elfreda' in einem Haus in der Bridge Street, gegenüber der St. Clement's Church, zum Tee zu gehen, da sie mir einige geisterhafte Erfahrungen erzählen wollte, die sie in St. Andrews gemacht hatte.

Natürlich sagte ich, dass ich sehr gerne mitkommen würde.

Bevor ich ging, fragten sie mich, ob ich sie an diesem Abend hinter die Kulissen des Theaters in

Cambridge führen könnte. Dies musste ich rundheraus ablehnen, da keine Studenten in den heiligen Bereich hinter Bühnentür gelassen werden.

Der nächste Tag war ein feuchter, rauer, typischer Cambridge-Tag. Ich schlängelte mich zur Bridge Street durch und fand sehr schnell das Haus, in das ich gehen wollte, da ich dort selbst einmal gewohnt hatte.

Die Zimmer wurden von zwei alten Frauen, die man als verwelkte Ladys bezeichnen könnte, verwaltet. Ihr Name war Monkswood, und sie hatten den Spitznamen 'The Cruets' [Würzständer] und dazu 'Pfeffer' und 'Essig'.

Ganz anders als sie war ihre Nichte, eine reizende junge Schauspielerin, die man auf der Bühne als Patricia Glencluse kannte und die in der musikalischen Komödie der letzte Schrei war. Sie würde, so munkelte man im Ausland, bald eine Herzogin werden.

Die Tür wurde von Patricia selbst geöffnet, die sagte: »Oh, ich dachte mir schon, dass Sie es sind. Schwester Elfreda hat mir gesagt, dass Sie zum Tee kommen würden. Sie werden sie mögen, sie ist so ein Schatz – genau wie die 'Belle von New York' [ein Broadway-Musical mit großem Erfolg besonders in London], nur ist sie älter geworden. Wenn Sie etwa über das schreiben, was sie Ihnen erzählt, schicken Sie es an mich, an die Whittington Company, ___ Theater, Birmingham.«

»Natürlich werde ich das«, sagte ich, »und ich werde Sie darin erwähnen.«

»Nun kommen Sie mit nach oben«, sagte sie dann, »ich stelle Sie ihr vor.«

Sie klopfte an eine Tür, öffnete sie und führte mich in die Gegenwart der Schwester.

»Sehen Sie her, Schwester«, sagte Patricia, »ich habe den Geistermann aus St. Andrews mitgebracht, um Sie zu sehen. Hier ist er.«

»Das war sehr gut von dir«, sagte die Schwester, während sie mir herzlich die Hand schüttelte. »Wissen Sie«, sagte sie dann, »ich habe alle Ihre Geistergeschichten gelesen.«

Dann schickte sie Patricia die Treppe hinunter, um den Diener mit dem Tee hochzuschicken. Wir setzten uns anschließend zu Tee und Muffins hin, und die alte Dame erzählte ihre Geschichte.

Sie sagte: »Ich wollte Ihnen unbedingt von einem kleinen Erlebnis erzählen, das ich vor einigen Monaten hatte:«

»Ich wurde einst gebeten, für eine kurze Zeit hier hochzukommen, um nach einer kranken Dame zu schauen, die in St. Andrews lebte.«

»Nun, ich kam sicher dort an und fuhr mit dem Bus vom Bahnhof zum Haus.«

»Es war ein altes Haus, und als ich eintrat, überkam mich ein seltsames, gruseliges Gefühl, wie ich es noch nie erlebt hatte.«

»Ich wurde zu meinem Gastgeber und der Gastgeberin und der kranken Dame geführt.«

»Er war ein prächtiges Beispiel eines alten britischen Soldaten, und seine Frau war ein hübsches, zerbrechlich aussehendes altes Stück Porzellan.

»Die kranke Dame, die ich dort vorfand, hatte nur ein Problem mit den Nerven, und das war, wie ich fand, in einem so eigentümlichen Haus kein Wunder.«

»Ich hatte immer das Gefühl, dass in dem Haus noch ein anderer Mensch wohnte; aber wenn es so war, blieb es zunächst nur ein Gefühl.«

»Der Name des Kochs war Timbletoss [Fingerhutwurf], der des Butlers Corncockle [Maismuschel], und seltsamerweise kamen beide aus Cambridge.«

»Was für merkwürdige Namen es hier gibt«, sagte ich zu der Schwester; »als ich das erste Mal nach Cambridge kam, dachte ich, die Namen über den Geschäften müssen ein gigantischer Scherz sein – ein Mann hat mir einmal gesagt, dass man jemand speziell damit beauftragt hatte, nach Cambridge zu kommen, um diese wundersamen Namen zu erfinden.«

»Nun«, fuhr die Schwester fort, »es war wirklich ein höchst außergewöhnliches Haus. Ich hatte zuvor noch nie etwas wirklich Außergewöhnliches gesehen, und so etwas wie dieses Haus, danach auch nie wieder.«

»Die Dienerschaft erzählte mir höchst bemerkenswerte Geschichten, wie die Bettwäsche in der Nacht von unsichtbaren Händen vom Bett gezerrt wurde, wie die Tische und Stühle über den Boden rumpelten und die Messer und Gabeln vom Tisch flogen. Seltsame kleine farbige Flammen, die dort 'Burbilangs' genannt wurden, schwebten nachts in der Luft, und Corncockle, der Butler, sagte, die Bierhähne im Keller seien ständig aufgedreht und das Gas abgestellt.«

»Die Löhne der Dienstboten mussten erheblich erhöht werden, um sie im Haus zu halten.«

»Bei mehreren Gelegenheiten sprang die Lady während des Mittagessens auf, rannte in großer Eile aus dem Zimmer und erschien erst beim Abendessen wieder und sah dann sehr blass und zittrig aus.«

»Bei zwei Gelegenheiten wurde mir befohlen, sofort in mein Zimmer zu gehen, die Tür zu verschließen und dortzubleiben bis der alte gnädige Herr Anweisung gegeben hatte, den Gong in der Halle ertönen zu lassen. Sie schienen sehr beunruhigt zu sein, als ich wieder herunterkam.«

»Ich werde nur ein oder zwei seltsame Dinge erwähnen, die ich gesehen habe. Das eine war ein kurioses Wesen namens 'Verstümmelter Fußball', das vor mir die Treppe hinunter stapfte, und als es die Lobby erreichte, erschienen ein Kopf und ein Paar Arme und Beine, und es preschte mit halsbrecherischer Geschwindigkeit die Kellertreppe hinunter.«

»Die Geschichte besagt, dass diese Kreatur einst ein großartiger Athlet und Fußballspieler war. Als er alt und fett wurde, bestand er darauf, immer noch zu spielen, obwohl er gewarnt wurde, dies nicht zu tun. Er bekam einen so heftigen Tritt, dass seine Rippen gebrochen wurden und er auf dem Spielfeld starb.«

»Ich habe nie die wahre Geschichte der 'Belebten Haarnadel' gehört, aber ich habe sie einmal in einem Sessel im Esszimmer sitzen sehen.«

»Es sah so aus, als hätte sie eine schwarze Strumpfhose und ein eng anliegendes schwarzes Trikot an. Sie hatte ein sehr langes weißes Gesicht mit großen runden Augen wie die einer Eule und schwarze Haare, die zu einer großen Höhe aufstanden.«

»Als sie mich sah, stand sie schnell vom Stuhl auf, verbeugte sich sehr tief, bis ihr Kopf fast den Boden berührte, und ging dann in einer höchst stattlichen Weise aus dem Zimmer.«

»Dann sah ich auch 'Die grüne Lady' – ein großes, schönes Mädchen mit sehr langen Haaren und einem raschelnden grünen Brokatkleid. Sie glitt dahin, als ob sie auf Rädern fahren würde. Dass dies keine Einbildung von mir war, kann man aus der Tatsache schließen, dass eines Tages, als ich ein kleines Mädchen zum Tee bei mir hatte, dieses plötzlich meinen Arm umklammerte und mich fragte, wer denn diese schöne Lady in Grün mit den langen Haaren sei, die auf Rollschuhen an der Tür vorbeigelaufen sei.«

»Ich will jetzt nicht näher auf das Knallen, Krachen, Pochen und Klopfen eingehen, das zu jeder Tages- und Nachtzeit durch die Räume schallte, mal an den Decken, mal an den Wänden und mal auf den Böden.«

»Auch die Türen und Fenster hatten die unangenehme Angewohnheit, sich plötzlich und ohne sichtbare Ursache zu öffnen; und eine andere sehr merkwürdige Sache war, dass man an einem sehr hellen Feuer sitzen konnte, wenn es ohne erkennbare Ursache plötzlich erlosch und nichts als tiefe Dunkelheit zurückließ.«

»In der ersten Nacht, in der ich in meinem Zimmer in diesem merkwürdigen Haus schlief, untersuchte ich es sehr gründlich, aber es war nichts Ungewöhnliches zu sehen. Dann flog aber meine Tür, die ich sorgfältigst verschlossen hatte, mit einem Knall auf, obwohl der Riegel noch in seiner Position war. Ich schloss die Tür wieder und stellte einen Stuhl dagegen, aber zu meinem Erstaunen flog die Tür erneut auf und schleuderte den Stuhl quer durch das Zimmer.«

»Danach beschloss ich, die Tür weit offenzulassen und zu sehen, was als Nächstes passieren würde. Ich gewöhnte mich ziemlich schnell an die 'Burbilangs' oder fliegenden Lichter – sie waren wie ein hübsches Feuerwerk.«

»Mehrere Tage lang passierte nichts mehr, bis ich eines Morgens gegen zwei Uhr erwachte und einen jung aussehenden Mönch in einem Sessel sitzen sah.«

»'Fürchte dich nicht Schwester Elfreda', sagte er, 'ich habe diese Erde vor vielen Jahren verlassen. Im Leben war mein Name Walter Desmond, aber als ich Mönch in St. Antonius wurde, war ich als Bruder Stanislaus bekannt.«

»'In der Regel bin ich unsichtbar, kann aber bei Bedarf meine körperliche Gestalt annehmen.'«

»'Im früheren Leben war ich in St. Andrews, Durham und Cambridge. Als ich in Cambridge war, fragte man mich, ob ich den Autor der Geistergeschichten von St. Andrews kenne?«

»Nein, sagte ich, ich kenne ihn nur vom Sehen. Ich war damals noch sehr jung und hatte ein wenig Angst vor ihm, denn ich habe gehört, dass er auf den Links [Golfanlage] sehr ausfallend wurde, wenn er einen Putt verpasste, bei einem

Abschlag drüber schlug, einen Schlag mit dem Eisen vermasselte oder in einen der zahlreichen Gräben geriet, welche die Cambridge Links [Golfplätze] durchziehen.«

»Aber ich bin heute Abend extra zu Ihnen gekommen, um Ihnen zu sagen, wie Sie dieses Haus von dem bösen Einfluss befreien können, der über ihm liegt«, sagte der Mönch. »Ich habe hier ein besonderes Manuskript, das ich aus einer ausländischen Bibliothek mitgenommen habe und von dem ich mir wünsche, dass Sie es lesen und danach handeln, und so dieses Haus reinigen und bewohnbar machen. Ich muss Ihnen aber die strengste Geheimhaltung auferlegen in Bezug auf das, was Sie lesen; offenbaren Sie es niemandem.«

»Aber wie werden Sie das Papier zurückbekommen?«, fragte ich den Bruder.

»'Oh, Zeit und Raum sind nichts für uns – ich habe dieses Papier erst vor ein paar Sekunden aus der fernen Bibliothek geholt, und wenn Sie es verdaut haben, wird es sofort wieder dorthin zurückgebracht, wo es hergekommen ist; befolgen Sie gewissenhaft alle Anweisungen, sonst wird mein Besuch umsonst gewesen sein'.«

»Wir lasen das Papier zusammen sehr sorgfältig durch, aber mehr darf ich nicht sagen.«

»'Nachdem ich Ihnen gesagt habe, was Sie tun sollen', sagte der Mönch, 'fürchte ich, dass ich gehen muss. Ich habe heute Abend noch viel zu tun, nachdem ich das Papier zurückgebracht habe.'«

»Ich werde alles erfüllen, worum Ihr mich gebeten habt, Bruder«, sagte ich, »und hoffe, dass es dieses Haus weniger furchterregend macht.«

»Aber bevor Sie gehen, Bruder«, sagte ich, »da sie ein Mann aus Cambridge sind, warum besuchen Sie jetzt nicht als Geist den Autor des Buches 'Geistergeschichten aus St. Andrews'?«

»'Er würde mich nicht sehen, weil ich mich dort nicht materialisieren würde, ich könnte nur als eine Rauchwolke oder sozusagen als leichter Nebel erscheinen.'«

»Danke, Schwester«, sagte ich daraufhin, »aber bitten Sie keine bösen, feuchten Nebel mehr, mich aufzusuchen«, und sie lachte.

»Als der Mönch verschwand, sagte er: 'Denken Sie daran, Schwester, keine Riegel, Schlösser oder Gitter können uns daran hindern, dorthin zu gehen, wo wir wollen.'«

Ich stand auf, bedankte mich bei ihr und zog einen Mantel an.

»Ich trage eigentlich nie Mäntel in Schottland«, sagte ich, »aber ich habe Angst vor der Feuchtigkeit in Cambridge, also habe ich mir diesen Mantel von Oberst Churchtimber geliehen.«

»Es ist etwas aus ihrer Tasche gefallen«, sagte die Schwester.

»Hoppla«, sagte ich, »das ist ein klassisches Musikstück, das wohl Macbeth Churchtimber, dem Sohn des Obersts, gehört. Nun, gute Nacht und vielen Dank, Schwester Elfreda.«

Ich stieg die Treppe hinunter und wünschte den 'Cruets' und ihrer Nichte Patricia eine Gute Nacht.

Als ich in dem feuchten, nebligen Abend die Straße hinunter zum Theater ging, dachte ich über das nach, was Schwester Elfreda mir erzählt hatte, und während ich mir meine Pfeife anzündete, musste ich immer wieder an diese Gestalten denken – 'Der verstümmelte Fußball', 'Die belebte Haarnadel' und den 'Mönch Bruder Stanislaus', für den Schlösser, Riegel und Gitterstäbe nichts bedeuteten und der die unangenehme Angewohnheit hatte, seinen Freunden als feuchte Wolke zu erscheinen – eine Angewohnheit, die man, wie ich finde, nicht fördern sollte.

Schwester Elfreda hatte mir zuvor noch mitgeteilt, dass das eigentümliche Haus nun ganz 'normal' sei und dass sich alle 'Gespenster' in Luft aufgelöst hätten.

ENDE